# LE POULPE

# BUNKER MENTEUR

**LE POULPE**

| | |
|---|---|
| Jean-Bernard Pouy | *La petite écuyère a cafté* |
| Serge Quadruppani | *Saigne sur mer* |
| Patrick Raynal | *Arrêtez le carrelage* |
| Didier Daeninckx | *Nazis dans le métro* |
| Noël Simsolo | *Un travelo nommé désir* |
| Franck Pavloff | *Un trou dans la zone* |
| Paul Vecchiali | *La pieuvre par neuf* |
| Jean-Jacques Reboux | *La cerise sur le gâteux* |
| Claude Mesplède | *Le cantique des cantines* |
| Pascal Dessaint | *Les pis rennais* |
| Olivier Thiébaut | *Les pieds de la dame aux clebs* |
| Gérard Delteil | *Chili incarné* |
| Roger Martin | *Le G.A.L., l'égout* |
| Jean-Christophe Pinpin | *Les gens bons bâillonnés* |
| Bertrand Delcour | *Les sectes mercenaires* |
| Hervé Prudon | *Ouarzazate et mourir* |
| Guillaume Nicloux | *Le saint des seins* |
| Roger Dadoun | *Allah recherche l'autan perdu* |
| Pascale Fonteneau | *Les damnés de l'artère* |
| Sylvie Granotier | *Comme un coq en plâtre* |
| Romain Goupil | *Lundi, c'est sodomie* |
| Olivier Douyère | *Bunker Menteur* |

Du même auteur :
Sixième gauche, Éditions Calmann-Lévy, 1990

ISBN : 2-84219-031-9
ISSN : 1265-986X

LE POULPE

olivier douyère

# BUNKER MENTEUR

LE POULPE
ÉDITIONS BALEINE

*À Liria, évidemment*

*« Qu'un mot imprudent s'égare dans*
*une oreille indiscrète, et je suis fait comme un rat. »*
Bill Ballinger, *Portrait in smoke*

## 1 - Langue au chat

Depuis cent quatre-vingt-sept jours qu'il avait perdu Conrad, un terre-neuve qui se fit déchiqueter par un gang de pit-bulls, Étienne Valoisin se mit à dormir en chien de fusil. Une sorte d'hommage, en somme. À soixante-quatre ans, après une vie passée, trop vite passée, à parcourir le monde, sauter d'un hémisphère à l'autre en retournant les cartes géographiques accrochées à gauche du tableau vert (lorsqu'il avait débuté ses cours, il était noir), pointer du doigt les coins les plus reculés de la planète, effleurer d'une paume gourmande tel isthme ou tel estuaire devant des élèves qui avaient à peine de quoi se payer un aller-retour Paris-Barbizon, Étienne décida que les chiens, terminé : Conrad fut le premier et le dernier.

Après la mort prématurée de sa femme, victime d'une intoxication alimentaire dans le L.E.P. d'Alfortville où elle officiait comme intendante alors que monsieur Valoisin battait cinq jours par semaine le record de Philéas Fogg, Étienne transféra sur Conrad à la fois son goût immodéré pour l'exotisme, la solitude de son récent veuvage et sa frustration de paternité. Lorsque le terre-neuve succomba à des blessures sauvagement perpétrées par des dog-killers, le professeur d'histoire-géographie mit une croix définitive sur tout ça. En fait, deux. L'une au cimetière canin d'Asnières où Conrad reposait. L'autre sur la tombe d'Agathe flanquée dans un coin du Père-Lachaise entre Méliès et Tourneur.

Cent quatre-vingt-sept jours, cent quatre-vingt-huit nuits que Valoisin était définitivement seul. Pourtant, s'il ne se sentait pas le plus heureux des hommes, il ne se plaignait jamais à quiconque. D'ailleurs, il sortait peu depuis la mort de Conrad, se contentant chaque matin de renifler le monde à sa fenêtre, saluer ses rares relations du quartier. La connaissance qu'il avait des dessus et dessous du globe lui suffisait. Le petit prof d'histoire-géo n'avait jamais dépassé le pont de Joinville. Et c'était bien ainsi. En plongeant dans le sommeil, chaque soir à la même heure à l'issue du prime-time, il se calait sur le flanc gauche dans son lit trop grand, repliait les jambes pour les ramener sur son ventre et c'était reparti pour un nouveau tour du monde. De temps en temps, son cerveau engourdi l'isolait dans une île déserte, alors il robinsonnait jusqu'aux poubelles du matin. Monsieur Valoisin, touchons du bois, n'avait qu'une idée théorique de l'insomnie.

Tout changea à la cent quatre-vingt-neuvième nuit. Le hurlement ne parvint à ses oreilles qu'après avoir franchi le sas ouaté de son sommeil, en prologue à une longue plainte stridulante : quelque chose entre l'alarme détraquée d'une voiture et l'appel de la louve transylvanienne en rut. Valoisin ouvrit un œil lorsque la plainte se tut, tâtonna pour allumer la lampe de chevet et se rendit compte, rassuré, qu'il n'avait plus rien à craindre : il avait échappé à la meute qui le poursuivait sur la banquise depuis l'extinction des feux télévisuels, quatre heures auparavant. Il essuya les gouttes de sueur qui dérivaient sur son front en pensant qu'on ne pénètre pas impunément chez les Inuits pour taquiner le husky. Il se leva, gagna la cuisine afin de s'offrir un grand verre d'eau fraîche. À ce moment, la plainte reprit, plus glaçante encore. Elle lui rappela Conrad quand un clou rouillé s'enfonça dans l'un de ses coussinets lors d'une balade au bois de Vincennes, deux cent vingt-trois jours exactement. Valoisin entrouvrit la fenêtre. Trois étages plus bas, entre deux poubelles, un maigre chien gris, le cul collé au bitume, la gueule tendue vers la lune, hurlait à la mort. Étienne passa vite fait robe de chambre et charentaises dépareillées puis descendit l'escalier.

En le voyant, le chien cessa sa plainte pour venir lui lécher les mains. L'ex-maître de Conrad flatta l'échine de l'animal quelques secondes, le temps de s'apercevoir que le chien louchait et que sa langue pleine de sang lui tartinait les doigts. Valoisin se baissa pour mieux l'examiner. La blessure était superficielle, provoquée par un choc violent dans la mâchoire, sans doute un coup de pied. Il découvrit ensuite le corps gisant sur le trottoir, en partie masqué par une vieille cuisinière abandonnée et vers lequel des traînées de sang convergeaient. Valoisin s'en approcha à petits pas, comme en terrain miné. Retenant son souffle, il se pencha sur le corps. Les yeux en voie d'extinction d'une jeune femme brune d'à peine trente ans le fixaient sans le voir. Sous son blouson entrouvert sur un tee-shirt blanc détrempé de sang où pointait le manche d'un vulgaire couteau de cuisine, le cœur semblait battre encore. La bouche de la jeune femme s'entrouvrit à plusieurs reprises : à chaque fois elle expectorait un mélange de salive et de sang. Des bulles se mélangeant l'une l'autre avant de s'éparpiller sur les joues livides de l'agonisante. Étienne comprit qu'elle voulait lui dire quelque chose. Il comprit aussi que, même sans un couteau dans le ventre, il est très difficile de s'exprimer avec la langue coupée. Avant de mourir, la victime bredouilla une demi-douzaine de syllabes désordonnées. Valoisin se releva, chancelant. Valoisin prit appui contre le mur et vomit le peu qu'il avait ingurgité depuis le matin. Le chien gris pleurnichard se frotta contre sa jambe en couinant. Un chat téméraire traversa la chaussée, vint renifler le cadavre puis s'en désintéressa pour jouer avec un triangle rose échoué à côté du visage de la malheureuse. Un morceau de langue où séchait un mince filet de bave rougeâtre. Le félin n'en fit qu'une bouchée.

## 2 - Pieds dans le plat

– Trois mignons pour les marquises ! Trois !

Maria lança la commande d'une voix essoufflée qui parvint néanmoins à surfer au-dessus du brouhaha pour atteindre son but : les oreilles de Vlad, l'aide-cuisinier à l'affût dans la découpe du passe-plats. La salle bondée du café-restaurant Au Pied de Porc à la Sainte-Scolasse n'avait sans doute jamais connu un tel vacarme. Squatté depuis midi par une soixantaine d'emperruqués poudrés des deux sexes qui ne crachaient ni sur la nourriture, ni sur la bibine, le petit restau réputé tranquille de l'avenue Ledru-Rollin, juste après le croisement Charonne, s'était métamorphosé en annexe de Vaux-le-Vicomte.

– Cinq foies de veau pour les mousquetaires de la neuf ! Et mes pieds, c'est pour aujourd'hui ou pour demain ?

Affairé dans la cuisine, Gérard ne savait plus où donner de la tête. À l'approche de la soixantaine, dont une bonne moitié passée à mitonner ses fameux pieds de porc «à la Sainte-Scolasse», chef-d'œuvre culinaire qu'il ne cessait de perfectionner en fétichiste dévoué, il pensait avoir accumulé suffisamment d'expérience pour affronter les situations les plus extravagantes. Mais ce jour-là le maître des lieux faillit rendre son tablier, renvoyer à ses carrosses cette bruyante noblesse de pacotille. Jamais il n'aurait dû accepter la proposition du régisseur de transformer son restaurant en cantine pour ravitailler les figurants d'un téléfilm pro-royaliste dont une scène se tournait à côté, dans une vieille cour pavée de la rue Basfroi. Gérard se ressaisit, enchaîna pieds sur pieds avec la maestria d'un footballeur brésilien tout en doutant des acquis de la Révolution française.

– Maria, remets-nous fissa un cinquante de Saint-Amour, palsambleu ! s'écria une espèce de cardinal dodu dont le ventre compressé dans une robe rouge semblait constitué d'un empilage de bouées, tel le bonhomme Michelin.

L'épouse de Gérard faillit rétorquer à l'homme

d'église que, si l'habit ne fait pas le moine il n'empêche pas de rester poli, lorsque, sous la perruque, elle reconnut Samuel, le gérant du vidéoclub de la rue Keller. La poudre que la maquilleuse avait plâtrée sur son visage commençait à se craqueler sous l'effet conjugué de la chaleur et de l'overdose de calories solides et liquides.

– Qu'est-ce que tu fais là-dessous ? s'enquit Maria, sidérée.

– Une incursion dans le christianisme et dans l'audiovisuel ! Mais rassure-toi, c'est seulement pour un jour…

Une demi-heure plus tard, un quarteron d'assistants mit fin aux agapes, ordonnant à tout le monde d'être prêt à tourner dans dix minutes, rappelant que la feuille de service c'est pas de la gnognote, merde ! Alors ce fut un véritable délice pour Gérard de voir ces nobles intérimaires, matés par des manants intermittents des Assedic du spectacle, sortir à la queue leu leu de son établissement. Un ersatz de Pompadour, qui honora le jurançon plus que nécessaire, suivit le mouvement en tanguant dangereusement sur ses escarpins vernis. Avant de passer la porte, Samuel se retourna vers le restaurateur :

– Dans un an, je te passe la cassette !

Gérard acquiesça poliment et s'effondra sur un tabouret. Il était au bord de l'inanition. À cause de la multiplication de pieds de porc télévisuels, il ne put grignoter une seconde sur son temps de travail pour se sustenter. Il avait l'estomac dans les talons.

– Repose-toi. Je te prépare une frisée aux gésiers, dit Maria en bonne secouriste.

Le spécialiste des pieds troqua cette alléchante proposition contre un long sourire tendre à l'attention de sa femme. Depuis qu'ils étaient ensemble, une éternité, Gérard ne se lassait jamais de l'accent espagnol de Maria qui restait intact, comme un tatouage indélébile sur ses cordes vocales. La première fois qu'elle prononça «frisée aux gésiers», il comprit «frisée au xérès» et cette confusion lui donna l'idée d'inventer cette recette que l'on trouve sur le menu, de temps à autre, à la rubrique «entrées du jour», généralement le mardi.

Gérard s'offrit une Orval en guise d'apéritif et contempla longuement la mousse compacte qui flottait en couvercle sur la bière ambrée dans le verre ventru. Il s'interdit de toucher au breuvage avant qu'il ne se chambre un peu. S'attaquer à une trappiste froide est un crime de lèse-majesté. Il ricana en repensant aux nobles en trompe-l'œil de tout à l'heure qui allaient passer l'après-midi à faire tapisserie dans une cour en sursis que des promoteurs guignaient déjà. Vlad lui apporta la frisée et s'apprêta à retourner en cuisine pour affronter un Himalaya de vaisselles. Gérard le retint par la ceinture de son tablier.

– À propos, tu as vu Gabriel récemment ?

– Non. À moins que lui aussi il s'avait déguisé sous le costume.

– Il s'*était* déguisé, Vlad, il s'*était*. C'est pourtant pas compliqué : on a deux auxiliaires en français, avoir et être. J'*ai* de la chance de travailler ici et je *suis* content de mon patron. À toi tout seul, tu démens la réputation francophone des Roumains…

– O.K. patron. Tu *as* la chance que je travaille ici et tu *es* content de moi. Mais c'est bizarre pour Gabriel. Il est peut-être fâché, tu crois pas ?

Gérard rompit un morceau de pain pour saucer. Vlad s'assit face à lui.

– Ou alors…

– Alors quoi ? bougonna le patron à cheval sur la grammaire. Commence pas à inventer des romans, je suis pas éditeur.

L'émigré roumain, qui avait eu le nez creux en quittant son pays un an après le sacre de Ceausescu et le massacre qui s'ensuivit, se gratta l'appendice nasal.

– Alors, c'est tout simplement qu'il a attrapé une maladie. Ceci est dans le possible de l'homme.

– Dans le possible de l'homme…, s'esclaffa Gérard, ça ferait un bon titre. Finalement, je me demande si tu serais pas meilleur écrivain que médecin. Parce que le jour où tu verras le Poulpe malade, tu me verras, moi, en train de faire la vaisselle à ta place !

Vlad encaissa la pique sans broncher. Depuis deux décennies qu'il était en France, personne n'avait jamais voulu le croire sur ses compétences curatives. On doutait encore de son diplôme soi-disant obtenu à l'université de Bucarest et perdu lors de ses pérégrinations pour fuir le génie des Carpates. La porte s'ouvrit et le médecin-plongeur arbora un sourire triomphal.

– Salut Gabriel !

Gérard pivota et découvrit les 185 centimètres

de Gabriel Lecouvreur dans l'encadrement de la porte. 185 centimètres secoués par une toux furibarde. Le restaurateur blêmit.

– Merde, qu'est-ce qui t'arrive, le Poulpe ?

Gabriel, chancelant, traversa la salle du Pied de Porc à la Sainte-Scolasse, agrippa une chaise et se laissa dégouliner dessus. Ses bras de pieuvre, pendant dans le vide, paraissaient encore plus longs qu'à l'accoutumée.

– J'en ai marre de ces saloperies d'antibiotiques. Sers-moi un grog, Gérard.

Avant de se lever, Gérard glissa fermement à Vlad qui savourait déjà son après-midi de liberté :

– Allez, au boulot. Mettons que j'aie rien dit…

Le Roumain regagna ses H.L.M. d'assiettes, moins contrarié par la mauvaise foi de son patron que par le remède souhaité par le Poulpe. Si l'on avait pris la peine de le consulter, il n'aurait certes pas administré une médecine aussi barbare.

## 3 - Rhum dans le foie

Comme d'habitude, Gabriel se montra très discret sur son absence et sur les circonstances où le virus de la grippe choisit son organisme pour s'épanouir tout à son aise. Comme d'habitude, Gérard fit mine de ne rien lui demander de précis. Il se contenta de déployer autour de son ami et néanmoins client un filet de questions anodines, espérant amorcer quelque début de confidence mais, comme d'habitude, les réponses laconiques du Poulpe furent inversement proportionnelles à la diffusion du succès planétaire de Claude François.

Le patron du Pied de Porc avait bien sa petite idée, matérialisée par une brève en page 12 du *Parisien* d'il y a deux semaines que Gabriel avait lue et relue au comptoir, surlignant les mots-clés de son regard sélectif. Une banale histoire de vols successifs dans une grande surface bétonnée non loin de la forêt d'Orléans où la police découvrit sans peine, grâce à la collaboration suave du nouveau gérant, que les fautifs étaient de la boutique, essentiellement des magasiniers. Six jours plus tard, la brève du *Parisien* s'engrossa d'une cinquantaine de lignes supplémentaires dans *Libération* pour révéler que le gérant suave, lors d'un interrogatoire exhaustif, avait finalement avoué être lui-même l'auteur de ces larcins afin que les magasiniers suspects – tous des Maghrébins – portassent le chapeau et laissassent leurs places à des autochtones dûment certifiés par l'arborescence de leur arbre généalogique.

Ouais, peut-être, rumina Gérard, c'est dans le possible du Poulpe, un truc comme ça. Un bon coup dans les jarrets de l'injustice, des manœuvres en coulisse, mais jamais là lors du tomber de rideau final. Il avorta un bref ricanement en se disant que s'il commençait à s'exprimer à la manière de Vlad, ça non, c'est pas dans son possible à lui.

– Pourquoi tu ris ? questionna le grippé laconique en relevant le nez de son grog, à croire qu'il le confondait avec un inhalateur.

– Je ris pas, j'évacue mon stress. Figure-toi que depuis ce matin je m'escrime les doigts sur mes pieds, tout ça pour une bande de ressuscités du musée Grévin qui verront leurs tronches à peine trois secondes et demie à contre-jour à la télé.

Gabriel subit pendant cinq bonnes minutes le récit du restaurateur agrémenté de quelques croustillantes scènes inédites tout droit sorties de son imagination. Il termina le grog en grimaçant et se cala contre le dossier de sa chaise qui proposait un savant paillage hyperréaliste moulé dans du plastique orange millésimé 1967.

– Abrège, s'il te plaît. N'oublie pas que tu t'adresses à un grand malade. Pas une bonne idée ce grog, affrète-moi une bière pour le faire passer.

L'agrégé de podo-scolassologie détenteur de la licence IV hésita avant d'obtempérer. La grippe aurait-elle entraîné malgré lui le Poulpe Lecouvreur sur la pente savonnée de l'alcoolisme ? À moins que ce nouveau goût pour les mélanges ne soit un effet concomitant de l'absorption massive d'antibiotiques provoquée par un trop long séjour sur un parking de grande surface... Idéal pour choper la crève ces no man's lands, surtout à l'orée des forêts solognotes, conclut Gérard. En contemplant sa collection privée de houblons brassés qu'il réservait à ses meilleurs clients, et néanmoins amis, il réfléchit avant de préconiser une Celebrator roborative, ni trop légère, ni trop lourde, limitant ainsi les risques d'effets secondaires.

– Une Celebrator, ça te va ?

– Parfait, répondit Gabriel en faisant claquer sa langue et craquer ses phalanges. Je me sens déjà mieux.

Gérard remplit deux verres, lentement, fasciné par la multitude de bulles qui virevoltaient dans l'or liquide avant d'exploser en crépitant à la surface. Un spectacle dont il ne se lasserait jamais.

– Tu veux bouffer un truc ? Je peux demander à Maria qu'elle t'accommode les restes que les aristos ont daigné nous laisser.

– Pas la peine, déclina Gabriel, plié en deux pour ramasser l'exemplaire du *Parisien* abandonné sur le carrelage.

– T'as tort. Tu as vu la tête que t'as ? Tu ressembles à un pruneau.

Le Poulpe, blindé, attendit la suite en craignant le pire. Et le pire arriva.

– Ben oui, je suis sûr que t'es à jeun..., ajouta Gérard, un sourire de contentement sur les lèvres.

Gabriel soupira en levant les yeux au plafond patiné par la nicotine, comme pour le prendre à témoin de l'humour bistrotier.

– Pitié, mon vieux. Tu me tues, et je connais des morts plus douces que celles provoquées par l'almanach Vermot.

Il déplia le tabloïd chiffonné, survola les premières pages internationales, glissa sur les nationales pour zoomer sur la rubrique des faits divers. Le rédacteur en chef avait mis le paquet sur Évelyne Constantini, boulangère à Rueil-Malmaison, qui confessait qu'elle était bien l'instigatrice du meurtre de son mari retrouvé calciné dans le fournil. Avec la complicité de son amant, elle enfourna le corps inerte après l'avoir assommé d'un coup de rouleau à pâtisserie. L'article titrait : *« La Landru des croissants »*. Bien que le meurtre fût atroce, le Poulpe ne put s'empêcher de sourire. La mention du rouleau à pâtisserie, détail qui tue, colorait la scène d'une touche comique involontaire, transformant la meurtrière en créature issue des blagues populaires, telle la mé(na)gère dodue des dessins de Dubout qui attend son mari au tournant. Plus bas, sur la même page, on résumait l'assassinat d'une jeune femme, poignardée la nuit dernière devant le 27 de la rue Julien-Lacroix, à Belleville. Penché par-dessus l'épaule de Gabriel, Gérard parcourut la synthèse des informations.

– Putain, il y a vraiment des mecs pas nets en circulation. Couper la langue d'une nana et lui planter un surin dans le ventre... Un couteau de cuisine en plus...

Gabriel relut l'articulet aussi peu consistant qu'une notule de *Pariscope*. Il s'attarda sur le nom de la victime, Drita Nerguti, une Albanaise arrivée le jour même à Paris *« comme en témoigne le tampon apposé sur son passeport par la police de Roissy »*. L'article se terminait ainsi. Un peu pauvre comme épitaphe.

Pour le Poulpe, l'Albanie était un territoire aussi mystérieux que l'Atlantide, aussi irréel que la Syldavie inventée par Hergé, aussi fascinant qu'une citadelle imprenable.

Après le bac acquis à l'arraché en 1978, lorsqu'il traîna deux ans à Jussieu, histoire d'expérimenter *in situ* le malaise en milieu étudiant, son goût pour la marge poussa Gabriel à fréquenter toutes sortes d'illuminés dont certains, frustrés d'être nés dix ans trop tard, ce qui les avait irrémédiablement privés des barricades de 68, se rattrapaient en caracolant sur de vieux chevaux de bataille plus par nostalgie que par un réel désir d'équitation révolutionnaire. Parmi ceux-ci, il se souvint d'un petit blondinet teigneux, fervent partisan du «laboratoire albanais», comme il disait, qui passa une soirée interminable à vanter à Gabriel ce miracle balkanique, creuset de la Révolution Mondiale. Il lui décrivit, extatique, la grandeur d'Enver Hodja, le totalitaire local qui, après avoir passé des contrats idéologiques avec Staline et Mao, boucla son pays à triple tour dans un immense bunker qui mit quarante-cinq ans avant de connaître ses premières fissures. Le discours du blondinet, une fidèle décalque de la trinité sujet-verbe-complément pompée sur la prose téléguidée par Tirana et reproduite dans les fascicules des Amitiés franco-albanaises, avait la légèreté d'un film de Bondartchouk. À une heure du matin, Gabriel désigna au blondinet le serveur qui somnolait derrière le bar dans l'attente de pouvoir fermer.

– Il a sommeil, moi aussi. Je me casse.

Le blondinet farfouilla dans les poches de son caban, ajoutant :

– Tu as raison. Bel exemple de l'exploitation capitaliste. S'il bossait en Albanie, il aurait terminé son boulot depuis huit heures. Dis donc, t'as pas un peu de blé pour les consos ?

– Bel exemple de parasitisme social, camarade.

Pressé de se débarrasser de l'idéologue, Gabriel paya les quatre bières, des banales Pelforth brunes, et ce fut la fin de ses courts liens avec l'Albanie. Le début de son intérêt pour les bières rares. Brasseurs de tous les pays, unissez-vous !

Bien sûr, comme tout le monde, Gabriel avait vu au printemps 1991, à la télévision, les images de ces milliers d'Albanais dépenaillés, affamés, grappes humaines ventousées à des bateaux pour gagner l'Italie coûte que coûte, plonger dans le port de Bari avec l'espoir d'une vie nouvelle en posant le pied sur la péninsule. Il avait su, peu après, que les autorités italiennes, débordées par ce flux humain qu'elles feignirent de n'avoir pas prévu, séquestrèrent les indésirables dans un stade pour ensuite en renvoyer la plupart à la case départ.

Gabriel resta songeur. Avant de s'extraire de sa chaise, il prit appui des deux mains sur la table. Une fois debout, l'altitude le fit vaciller.

– Oh ! émit Gérard, tu te sens d'attaque ? Sûr ?

Le Poulpe respira un grand coup et le rassura :

– J'ai rajeuni de dix-huit ans.

## 4 - Julien-Lacroix

En fait, il s'était un peu vanté. Les deux cents premiers mètres sur l'asphalte de l'avenue Ledru-Rollin lui firent regretter le cocktail grog-Celebrator mais, une fois la place Léon-Blum passée, lorsqu'il gravit la Roquette et bifurqua sur la gauche pour s'engager dans la rue Saint-Maur, Gabriel sentit peu à peu ses forces se resolidariser. Le parfum de l'automne, ce musc qui se baguenaude dans Paris entre les pets des diesels et les fientes du sans-plomb, trouvait toujours de quoi titiller les muqueuses nasales. À l'intersection de la rue Oberkampf, il mit le cap sur le nord-est pour traverser l'équateur où le boulevard de Ménilmontant devient celui de Belleville, prendre enfin la première rue praticable à main gauche : la rue Julien-Lacroix. En approchant du 27, le malade n'avait plus qu'un lointain souvenir de ses miasmes qu'octobre diluait peu à peu.

Gabriel examina la portion de trottoir où l'Albanaise vécut ses derniers instants. Un banal bout de bitume sur lequel l'œil le plus exercé n'aurait pu déceler la moindre trace du crime nocturne. L'arroseuse de la voirie était passée par là, effaçant d'un coup de jet le sang de la jeune femme. Circulez, il n'y a plus rien à voir. Pourtant, des riverains en maraude lorgnaient encore vers l'endroit macabre. Le Poulpe panoramiqua sur la façade désolée de l'immeuble d'en face aux fenêtres aveugles, murées par des parpaings ou condamnées par des madriers. Pas tellement affriolante comme ultime vision du monde, se dit-il.

Il pénétra dans un petit café situé au coin de la rue de Belleville. Les habitués avaient délaissé jeux de cartes et dominos pour débattre du meurtre. La sécheresse de l'article du *Parisien* autorisait les spéculations les plus hasardeuses. Gabriel tria dans la polyphonie des commentaires où l'assassin revêtait tour à tour les traits de l'émigré croque-mitaine, du maniaque sexuel ou du drogué satanique, selon les fantasmes de chacun. Il apprit néanmoins l'identité de celui qui découvrit le corps agonisant.

– Une chance qu'il soit pas descendu plus tôt, le père Valoisin, analysa le patron en tirant un bock. Si le mec l'avait vu, il aurait eu droit, lui aussi, à sa boutonnière. Paraît qu'elle a clamsé devant lui, la gonzesse. En direct, comme à la télé.

Il posa le verre ballon devant le Poulpe qui sentit aussitôt deux yeux le passer au scanner. Gabriel releva la tête et gratifia d'une risette le patron qui continuait à le dévisager, les sourcils froncés. Alors qu'il allait lui demander poulpement s'il désirait sa photo, le patron claqua dans ses doigts, au comble du ravissement.

– Ça alors, c'est à peine croyable !

Il ouvrit fébrilement un tiroir, en sortit calepin et stylo bille voisinant avec un nerf de bœuf et les tendit à Gabriel.

– Ça vous embête pas de me donner un autographe ?

– Pas le moins du monde, répondit l'observé après quelques secondes d'étonnement. Un désir d'écriture est toujours bon signe.

Il apposa sa griffe sous le logo publicitaire des cafés Richard, noir et rouge comme le drapeau albanais, et rendit le calepin au patron. L'enthousiasme de celui-ci retomba d'un coup en déchiffrant le paraphe.

– Ah… Vous n'êtes pas Denis Charvet ?… Excusez-moi, je croyais. Vous trouvez pas qu'il lui ressemble ? bredouilla à la cantonade le patron embarrassé pour chercher du renfort dans le pack des habitués.

Les habitués détaillèrent le Poulpe et tombèrent vite d'accord. Non, rien de commun. Trop longs les bras, pas assez larges les épaules, peut-être quelque chose dans le regard, et encore… Gabriel ne sut comment le prendre. Le bistrotier réitéra ses excuses, offrit le bock afin de réparer sa bévue.

– Tout le monde peut se tromper, signala finement le sosie de Denis Charvet. Il paraît qu'on a tous notre double sur terre. Vous, par exemple, on ne vous a jamais dit que vous étiez le portrait craché d'Ernest Borgnine ?

– ...

La dernière livraison de *Géo* dépassait de la boîte à lettres d'Étienne Valoisin, troisième étage gauche. Gabriel s'en empara, escalada les trente-six marches et frappa une bonne dizaine de fois avant que le retraité de l'Éducation nationale vînt entrebâiller la porte maintenue par une chaîne de sécurité. Il tendit le magazine à Valoisin.

– Je l'ai monté pour éviter qu'on vous le pique.

– Vous êtes le nouveau facteur ? questionna, méfiant, le petit homme.

– Non. Je viens à propos du meurtre.

Valoisin soupira, se passa la main dans sa tignasse ébouriffée par l'émotion d'une nuit pénible et, bien sûr, dit qu'il avait déjà dit tout ce qu'il savait à la police.

– À la police, peut-être. Mais pas à la Police de l'Air et des Frontières. En tant que ressortissante albanaise, la victime nous intéresse beaucoup. Je peux entrer ?

Le géographe referma la porte pour débloquer la chaîne puis invita Gabriel dans l'appartement. Des rayonnages couraient sur deux murs du salon, croulant sous le poids du monde. Les volumes, classés par ordre alphabétique d'auteurs progressaient de

Alarcon y Ariza à Zeno. Gabriel laissa glisser ses yeux sur le galbe des dos. Il y en avait pour tous les continents. Bory de Saint-Vincent, Caillié, Cook, Exmelin, Hérodote, Humboldt, La Pérouse, Pausanias, Mungo Park, Polo ; et même le *Tour de France* de Flora Tristan accolé aux récits du botaniste Tournefort.

– Vous avez une bibliothèque magnifique ! complimenta Gabriel.

– Oh, c'est peu de chose, répliqua Valoisin, gêné. Une déformation professionnelle. J'ai passé près de quarante ans à enseigner l'histoire-géo, alors…

Il bâilla plusieurs fois et s'excusa d'autant.

– Depuis ma funeste découverte, je n'ai pas pu fermer l'œil. La police m'a interrogé longuement, puis, le temps qu'on tape ma déposition… Enfin, vous savez ce que c'est.

– Je sais. Et je parie qu'ils vous ont offert un café dégueulasse, je me trompe ?

Valoisin ébaucha un sourire.

– Je l'ai encore sur l'estomac. Mais le pire, c'est l'image de cette pauvre fille. Elle me colle aux yeux. Tout ce sang, mon Dieu… Et puis ce chien amoché qui hurlait à la mort, comme dans les pires films d'horreur.

– Ce chien ? demanda Gabriel, l'oreille tendue.

– Un chien gris, qui louchait en plus. Je vous dis : il ne manquait aucun détail lugubre.

– D'après vous, c'était le sien ?

– C'est le chien de tout le monde et de personne. Une pauvre bête qui traîne dans le quartier depuis des semaines. Je l'ai croisé trois quatre fois.

Il suffisait que vous lui donniez une caresse ou un morceau de croissant pour qu'il s'attache à vous. La fille a dû faire pareil.

Gabriel remarqua le portrait encadré du terre-neuve accroché au mur, pas loin d'un ouvrage relié de F. Briffett, *The Story of Newfoundland and Labrador*, Toronto, 1956.

– Ça vous intéresse vraiment, cette histoire de chien ? hasarda le veuf.

– Je ne dois négliger aucun détail.

Il laissa passer un temps, regarda à nouveau le terre-neuve cloué au mur et ajouta :

– Si seulement il pouvait parler... C'est notre témoin numéro un.

Valoisin faillit embrayer sur Conrad puis, s'apercevant de sa méprise :

– Vous voulez parler du chien de cette nuit, bien sûr. Il vous dirait à peu près la même chose qui figure dans ma déposition.

– Sauf qu'il a vu l'assassin, lui.

– Évidemment. Pour vous parler franchement, je préfère que ce criminel reste un inconnu pour moi et vice-versa. Mes futurs cauchemars se passeront fort bien d'un personnage supplémentaire.

À l'instar de la réplique d'Ernest Borgnine, le Poulpe approuva. Il y avait assez de crapules dans le monde pour peupler nos cauchemars qu'il valait mieux éviter de convoquer des extra.

– Je m'en veux de vous obliger à ressusciter la scène à défaut de la victime mais, elle est morte combien de temps après que vous l'ayez découverte ?

Valoisin réfléchit, plissa les yeux et sa lèvre inférieure trembla.

– Pas longtemps. Une dizaine de secondes, ou moins. Juste de quoi bafouiller quelques mots. Mais c'était déjà trop tard.

Les diverses enquêtes que Lecouvreur avait menées auparavant lui apprirent à garder son sang-froid. Surtout ne pas se laisser abuser par l'indice révélateur qui tombe inopinément au moment où l'on s'y attend le moins. Mais là, il sentit son organisme se réchauffer pour friser à nouveau les 39,5° qui l'estourbirent au début de sa grippe.

– Elle a parlé en français ?

– Oui. Elle a répété plusieurs fois quelque chose comme «poulaille», ou «poulailler»... Enfin c'est ce que j'ai compris. J'étais totalement tétanisé. Ensuite, elle s'est éteinte, vidée de son sang. Atroce... Vraiment atroce... Vous vous rendez compte ? Parcourir tout ce chemin pour mourir ici, dans cette rue sinistre...

Gabriel se rendait compte. Étienne baissa la tête et se mit à pleurer en silence. Il s'essuya les yeux avec la manche de son veston puis s'excusa de cet épanchement lacrymal. Il poursuivit d'une voix atone :

– La mort me poursuit. Ma femme, mon chien, cette fille... Vous croyez que la prochaine fois ce sera mon tour ?

– Vous n'avez rien à craindre, monsieur Valoisin. Le monde entier est avec vous.

Le retraité suivit des yeux le mouvement de bras rassurant du Poulpe qui balaya la bibliothèque. Valoisin prit un volume sur une étagère, l'ouvrit à une page marquée d'un signet et se mit à lire.

– *«J'ai vu dans ce lieu une sorte d'oiseau que je*

*n'ai point trouvé ailleurs. C'est celui que les habitants ont nommé oiseau solitaire. On n'en a jamais vu deux ni plusieurs ensemble. La beauté de son plumage fait plaisir à voir. Nous voulûmes garder deux de ces oiseaux pour les envoyer en France et les faire présenter à Sa Majesté ; mais aussitôt qu'ils furent dans le vaisseau ils moururent de mélancolie, sans vouloir ni boire ni manger.* »

C'est un abbé qui a écrit ça, l'abbé Carré, envoyé par Colbert à l'île Bourbon en 1667. J'ai toujours vu dans ce texte une allégorie involontaire du sort des personnes déplacées. Mais cette pauvre Albanaise n'est pas morte de mélancolie, elle. Ou alors, la mélancolie a bien changé…

Il replaça le livre dans la bibliothèque, l'ajusta du plat de la main pour qu'il soit parfaitement aligné et se retourna vers Gabriel.

– Pardonnez-moi, mais il y a quelque chose qui me chiffonne.

Depuis le milieu de leur conversation, Gabriel sentait qu'une question tarabustait son interlocuteur et qu'il n'osait pas la poser. Finalement, il se lança.

– Vous travaillez à la Police de l'Air et des Frontières, mais cet organisme s'occupe plutôt des personnes en situation irrégulière, n'est-ce pas ? Or, dans le journal, ils disent que la victime était en possession d'un passeport et d'un visa en bonne et due forme.

Bonne remarque mais pas très surprenante de la part d'un homme pour qui le découpage du monde n'a plus de secret. Gabriel prit une voix pénétrée et confia :

– Donnez-moi deux jours et je vous livre un

passeport albanais estampillé d'un visa d'entrée sur le territoire français plus vrai que nature. Même nos propres services n'y verraient que du feu.

La révélation improvisée sidéra tellement Valoisin que Gabriel envisagea d'avouer sa supercherie. Le rôle qu'il avait endossé par principe – on ne sait jamais – commençait à lui peser face à cet homme dont le capital de sympathie augmentait proportionnellement à sa crédulité. Considérant qu'il n'apprendrait rien de plus, il prit congé. Sur le pas de la porte, Valoisin lui serra la main.

– Je ne vous ai pas été d'une grande utilité, s'excusa-t-il. De toute façon, la police pense qu'il s'agit d'un vulgaire crime crapuleux pour détrousser la fille.

– Qu'est-ce qui lui fait penser ça ?

– Les poches de son jean et de son blouson étaient retournées, entièrement vides. D'après l'inspecteur, l'assassin a pris tout ce qu'elle avait sur elle et l'a poignardée dans un mouvement de panique.

Gabriel se figea sur le palier.

– Il a quand même pris soin, si l'on peut dire, de lui couper la langue. Ce n'est pas très compatible avec un comportement d'homme paniqué.

– J'étais de cet avis. Mais l'inspecteur m'a convaincu que rien ne prouve qu'il s'agisse d'une mutilation volontaire. La fille, terrorisée, a pu se sectionner elle-même la langue, en serrant trop fort les dents.

Cette hypothèse, non dénuée de fondement, parut plausible à Gabriel. Il n'était pas impossible que le rédacteur de l'article ait brodé sur ce détail pour pimenter l'information.

– Et son passeport ? Elle ne l'avait pas sur elle ?

– On l'a retrouvé un peu plus bas dans la rue. Elle a dû le perdre en courant pour tenter d'échapper à son agresseur. Voilà, je ne peux pas vous en dire plus.

– C'est déjà beaucoup. Merci monsieur Valoisin.

Il le salua et descendit l'escalier, méditatif. De toute évidence, pour la police, le moyen le plus expéditif était de classer le dossier en concluant à un crime crapuleux. La mort d'une Albanaise, pensez-vous…

## 5 - Doigt de doigt

Gabriel quitta la rue Julien-Lacroix affamé. Depuis la veille, il n'avait rien ingurgité de solide. Boulevard de Belleville, il s'acheta un hot-dog, préférant infliger à son estomac vide cette pitance insipide plutôt que de lui proposer les saveurs d'un sandwich tunisien dont les épices agissent en traître, comme des bombinettes à retardement. En arpentant le boulevard en direction de Ménilmontant, il médita sur les maigres indices récoltés chez Valoisin. Un chien qui louche, une allusion mystérieuse à un poulailler et des poches retournées. Un peu maigre pour démarrer une enquête. Toutefois, la nationalité de la victime ne cessait de le titiller. Quelle était la raison de son voyage à Paris ? Pourquoi l'a-t-on tuée avec autant de sauvagerie ? À ces questions, il répondit par une sarabande de points d'interrogation. Il s'assit sur un banc pour souffler un peu.

Bien que le virus fût quasiment neutralisé, ces quatre derniers jours passés à négocier avec la fièvre l'avaient affaibli. La grippe imprévue eut au moins le mérite de faire une heureuse. Depuis le temps que Cheryl rêvait de pouponner son Poulpe ! Elle lui administra une série de potages mystérieux, certifiant leur efficacité car les recettes lui avaient été léguées par une obscure grand-mère inconnue au bataillon et dont la mention arriva comme un cheveu sur la soupe. Gabriel, obligé d'avaler ces infâmes mixtures, ne tomba pas dans le panneau mythomaniaque, certain que les brouets indigestes provenaient de l'imagination de Cheryl toujours prompte à démontrer ses affligeants talents culinaires par n'importe quel moyen. Quitte à profiter de la docilité forcée d'un alité. C'était la première fois que le Poulpe passait quatre jours, et quatre nuits, d'affilée chez Cheryl, dans le petit appartement de la rue Popincourt, situé juste au-dessus de son salon de coiffure. Une occasion inespérée dont l'artiste capillaire sut tirer profit.

Sur le boulevard, des gens fouillaient dans des cageots, reliques du marché matinal. Les éboueurs en laissaient toujours traîner quelques-uns afin que les plus démunis se ravitaillassent en fruits et légumes. Des chiens, la queue basse, sniffaient le trottoir à la recherche, eux aussi, de nourriture. En mordant dans le hot-dog, Gabriel observa la scène où clébards et humains étaient logés à la même enseigne à l'approche du troisième millénaire. Un molosse s'appropriait à lui tout seul un petit tas de côtelettes abandonnées contre un arbre, montrant les crocs à qui voulait le lui disputer. Le premier à fuir fut un petit roquet au pelage arraché par endroits, bientôt imité par un maigre chien hirsute qui portait encore des traces de sang sec sur les babines. Il passa devant Gabriel, lorgna vers le hot-dog, implorant un morceau de son regard contradictoire. Le Poulpe l'examina de plus près et lui offrit le reste de son casse-croûte sans hésiter. Le chien gris l'avala d'une bouchée et se frotta convulsivement contre la jambe de l'homme charitable, qui se félicita de n'avoir pas opté pour un sandwich tunisien. Les hot-dogs, c'est bien connu, attirent les chiens, surtout les chiens qui louchent.

– T'en as des choses à me dire, toi, hein ? murmura Gabriel en flattant l'animal. T'étais aux premières loges cette nuit…

Le chien gris sauta sur les longues cuisses du Poulpe, se retourna sur le dos et entama une série de mouvements frénétiques.

– Du calme, du calme…

Ses mouvements se firent plus hystériques, proches des spasmes. Gabriel reposa le chien sur le trottoir où, après de multiples convulsions, il expulsa le hot-dog qu'il venait d'avaler. Le ventre de l'animal était dur comme du ciment, le moindre contact provoquait une longue plainte dissuadant de toute caresse supplémentaire. Gabriel cessa ses attouchements et conduisit le chien chez le vétérinaire le plus proche.

– Voilà, il a avalé ce corps étranger, expliqua le vétérinaire en tendant à Gabriel un petit tube pas plus gros qu'un rouge à lèvres. Il a eu de la chance, il aurait pu faire une perforation stomacale. Vous pourrez le reprendre demain, quand il sera rétabli. Je vais vous rédiger une ordonnance pour les soins postopératoires.

Gabriel mit le tube dans sa poche, paya le vétérinaire en le remerciant pour sa disponibilité. Il écrivit sur le bloc d'ordonnances du médecin le nom et l'adresse de la personne qui viendra récupérer le convalescent : Étienne Valoisin, 27 rue Julien-Lacroix.

– C'est un ami à qui je veux faire une surprise. Il a perdu sa femme et son chien. Il est seul maintenant, vous comprenez ?

Le vétérinaire acquiesça et garantit Gabriel que ce monsieur serait prévenu en temps utile. Il lui demanda néanmoins où il pourrait le joindre si, toutefois, il y avait un problème avec le chien. Gabriel rajouta au bas de la page le numéro de téléphone du Pied de Porc où l'on pouvait toujours laisser un message.

Aussitôt sorti du cabinet, le Poulpe s'empressa d'ouvrir le tube puis le referma après avoir découvert ce qu'il contenait. Il le remit dans sa poche et marcha jusqu'à ce qu'il trouve un endroit tranquille pour l'examiner à nouveau. Tous les cafés embusqués sur le chemin qui le ramenait au salon de coiffure de Cheryl, piètre cuisinière mais divine amante, exprimaient trop de convivialité. Il inséra une pièce de deux francs dans la fente d'une sanisette Decaux, certain que là il serait tranquille et, au pire, ce lieu de recueillement tarifé pourrait lui être utile si la deuxième vision du contenu du tube provoquait chez lui un rejet similaire à celui du chien loucheur.

Il s'assit sur la lunette et décapsula la rondelle de plastique qui obstruait le conditionnement. L'odeur de formol se mêla instantanément aux fragrances des désinfectants chiraco-tibériens. Il sortit avec précaution la petite boule de gaze imprégnée d'aldéhyde formique et la dépiauta. Puis il en extirpa soigneusement l'extrémité d'un doigt parfaitement sectionné. La troisième phalange d'un index droit vu l'orientation de l'ongle, et sans doute masculin. Un corps étranger dans un corps étranger apporté par une étrangère...

Gabriel ferma les yeux et scénarisa la scène de la nuit. Drita Nerguti est suivie par son assassin. Elle tente de lui échapper. Elle ne lui échappera pas. Supposant qu'il veut lui voler le tube, elle s'en débarrasse à son insu en le fourrant tel un suppositoire dans l'anus du chien gris qui la suit depuis un certain temps, cachette la plus immédiate. Le tueur la menace, fouille dans ses poches et, enragé de ne pas trouver ce qu'il cherche, la poignarde avant de s'évanouir dans l'obscurité. Quant à la mutilation linguale, soit le journaliste a assaisonné sa prose en délirant sur ce détail morbide, façon langue à la sauce piquante, soit la supposition de la police est la plus vraisemblable. Ce n'était pas ce détail qui préoccupait le Poulpe. La langue coupée n'expliquait en rien pourquoi un bout de doigt avait fait le voyage Tirana-Paris et pourquoi il était si convoité. Il remit, perplexe, la gaze autour de la phalange, la replaça dans le tube sur lequel on pouvait lire l'inscription «*Aspirinë*». Il pissa dans la cuvette et se dit qu'il venait d'apprendre son premier mot d'albanais.

## 6 - Kama-Sutra

– Rapporte des glaçons, minou. Et ne reste surtout pas trop longtemps devant le frigo, tu risques de prendre froid.

Gabriel ignora le conseil de Cheryl dont le nouvel emploi d'infirmière nunuche commençait à lui courir sur le haricot, remplit un bol de glaçons et planqua au fond du congélateur la phalangette qu'il protégea d'un conditionnement supplémentaire en insérant le cylindre albanais dans un tube de pellicule Kodak, au diamètre plus large. La consultation du petit Larousse de Cheryl lui avait appris que les phalanges extrêmes s'appellent des phalangettes. N'eût été la circonstance de sa découverte il aurait trouvé cela mignon. Il disposa verres, glaçons et remontants sur le visage plastifié de Marylin Monroe décorant le plateau Pier Import puis l'exporta dans le salon. Cheryl réchauffa ses glaçons d'une bonne dose de curaçao qu'elle souligna d'un trait d'angustura puis s'étira sur le canapé rose.

– Tu peux pas imaginer la journée que j'ai eue. Rien que des emmerdeuses. Les brunes veulent être blondes et les blondes veulent être rousses. Y'a un truc avec les rousses en ce moment ?... Si ça continue, je les envoie chez le teinturier ces pétasses, t'as vu mes doigts ? On dirait qu'ils ont macéré dans une infusion de henné.

Gabriel prit tendrement la main tendue de Cheryl, déposa un baiser sur son index droit. Celui-là, au moins, il savait à quelle main et à quel corps il appartenait. Il décapsula une Pécheresse, une Lambic aromatisée à la pêche, sous l'œil récriminateur de la coiffeuse.

– T'es vraiment incontrôlable comme type. Je me casse le cul à te guérir et tu te tapes une bière. Tu crois que c'est sérieux dans l'état où tu es ? Tu vas anéantir tous mes efforts…

– C'est toi qui m'anéantis avec les potions magiques de mémé. Si t'arrêtais un peu tes fantasmes de nurse, Florence Nightingale, hein ?

Cheryl termina son verre en silence, vexée.

– Allez, fais pas la gueule. Bon, d'accord. Tu m'as soigné. Grâce à toi, je suis en pleine forme pour jouer au docteur… Tu veux que je te le prouve ?

– Salaud…, grommela la capillicultrice en se lovant contre le Poulpe. J'accepte la malhonnêteté de ta proposition empreinte du plus primaire des machismes, mais je te préviens : c'est dans un but strictement expérimental. Histoire d'établir le bien-fondé de mon traitement.

Les décoctions cheryliennes, mélangées aux boissons diverses qu'il avait ingurgitées depuis le début de l'après-midi, n'entamèrent en rien la vigueur de Gabriel. Les préliminaires effectués sur le canapé avec pour témoins discrets Elsa Martinelli et Michelle Pfeiffer postérisées sur le mur, ils passèrent dans la chambre où l'on pouvait encore sentir l'odeur âcre du potage au cresson transmis par la grand-mère improbable. Les ressorts du sommier trouvèrent assez vite leur rythme de croisière. Enfin, plutôt style quarantièmes rugissants que descente du Nil pour vidéastes sexagénaires. La nichée de kangourous en peluche disposée à la périphérie du lit se mit à sautiller sur place, retrouvant ainsi sa caractéristique naturelle. Cheryl, en apnée de plaisir, se mua progressivement en Esther Williams du dos crawlé tandis que Gabriel, montgolfié par la jouissance, brassait de plus en plus vigoureusement sur son amante afin de la rejoindre au point d'orgue dont les harmoniques résonnèrent encore un bon bout de temps après cette démonstration d'humide gaieté. Autant dire que l'expérience, tant pour l'infirmière que pour le malade, s'avéra hautement concluante. Ce que ne manqua pas de relever Cheryl en constatant que la cellule familiale des marsupiaux synthétiques s'était désintégrée. L'ardeur des amants avait envoyé les bestiaux aux quatre coins de la pièce.

– Au fait, demanda Gabriel en se rhabillant, c'est qui Denis Charvet ?

– C'est tout ce que tu trouves à dire ? C'est un rugbyman très mignon. Grâce à son essai de légende, le Stade toulousain a gagné la Coupe de France dans la finale contre Toulon en 1989 (12-18). Ensuite, il a été international. Aujourd'hui, il est capitaine du Racing. Pourquoi tu me demandes ça ?

– Pour rien…

## 7 - Honoris causa

Le lendemain matin, après une nuit récupératrice –une de plus– dans le lit de Cheryl, Gabriel se réveilla tout à fait rétabli. Après une douche niagaresque où une autre Marylin moulée dans sa robe rouge le matait depuis le papier peint plastifié de la salle de bains, il reprit le tube dans le congélateur et se dirigea vers le Pied de Porc à la Sainte-Scolasse, décidé à mettre à l'épreuve les connaissances médicales de l'émigré roumain.

Gérard, absorbé par une discussion avec le régisseur du téléfilm à propos du nombre de menus consommés la veille, le salua d'un bref mouvement du menton et se replongea dans le carnet où Maria avait consigné minutieusement repas et boissons avec l'abnégation d'un moine copiste. Le régisseur, effaré par la quantité d'alcool absorbé par les nobliaux syndiqués, contestait la liste afin de gratter un peu sur sa caisse noire. Gabriel pénétra dans la cuisine où Vlad préparait la place pour le coup de feu de midi.

– Bonjour Vlad. Tu as cinq minutes ? J'ai quelque chose à te montrer. C'est confidentiel alors je compte sur ta discrétion.

L'aide-cuisinier, appâté par le mystère et flatté de partager un secret avec le Poulpe, l'assura de son mutisme.

– Tu peux compter. Ma main à couper que je ne dirai rien.

– Ben justement, regarde.

À la vue de la phalange qui commençait à se recroqueviller dans son étui de formol, Vlad resta médusé.

– Merde... T'as trouvé ça où ?

– Dans un chien.

Le Roumain scruta le visage de Gabriel pour y déceler les signes avant-coureurs du déséquilibre mental. Il répéta plusieurs fois de suite «dans un chien», son doigt gauche tremblotant pointé sur l'extrémité de l'index amputé, posé sur le plan de travail sous une panoplie de couteaux.

– Examine-le bien, enchaîna Gabriel, imperturbable, je veux que tu m'apprennes le maximum à son sujet. Tu es médecin, non ? Pas la peine d'ajouter que c'est urgent.

Vlad saisit la phalangette à l'aide d'une pince à escargots pour l'approcher de ses yeux. Gabriel saisit la poignée de la porte de la cuisine à l'aide de sa main. Avant de disparaître dans la salle du café, il précisa :

– Je ramasse ta copie dans dix minutes. Bon courage.

Le régisseur venait de partir. Gérard contemplait la liasse de billets trônant sur le zinc. Une grande satisfaction se lisait sur son visage qu'il concrétisa par une tape virile sur son estomac rembourré.

– Je l'ai eu ce petit con. En liquide en plus. Il voulait m'arnaquer sur les bibines, soi-disant qu'elles n'étaient pas à la charge de la production. Et puis quoi encore. J'aurais pu lui compter les dégâts dans les plantes vertes mais j'ai passé outre. N'empêche, tu peux pas imaginer le nombre de mégots que Maria a trouvés dans ses pots. Et je te parle pas des caoutchoucs complètement cramés par les clopes. Un Tchernobyl miniature. Au fait, ça va mieux, toi ?

– Ça irait mieux si tu ne me soûlais pas dès le matin avec ton laïus. Donne-m'en un autre. Serré. Étranglé même.

Gabriel tendit la tasse vide et Gérard veilla à lui

administrer quelques gouttes supplémentaires de nectar caféiné.

– À propos, il y a un mec qui a appelé pour toi tout à l'heure. Le docteur Tanguy, un véto. Il veut que tu le rappelles le plus vite possible. C'est ton médecin traitant ?

Le Poulpe échappa aux sarcasmes prêts à fuser des starting-blocks de Gérard en s'enfermant dans la cabine téléphonique coincée entre les toilettes et le placard à balais. Sur le cadran récemment numérique il composa le numéro du vétérinaire d'un doigt expert qu'envieraient la plupart des flics-dactylographes, écouta ce que le médecin bellevillois avait à lui dire de si pressant et raccrocha, dubitatif. Il chercha ensuite dans l'annuaire le téléphone d'Étienne Valoisin, laissa sonner une trentaine de fois pour ne communiquer qu'avec une sonnerie se répétant inlassablement dans le vide. Il repianota le numéro au cas où on l'aurait connecté par erreur au répondeur téléphonique de Terry Riley. Mais non, toujours le même leitmotiv obstiné et inépuisable. Sa perplexité augmenta. En s'expulsant de la cabine, il vit Vlad se précipiter sur lui. Gabriel n'eut pas besoin de consulter sa montre pour évaluer que le Roumain n'avait pas chômé.

– Le doigt a parlé, mais il sait pas beaucoup, murmura l'agrégé de médecine sur un ton conspirateur.

– Il t'a dit quoi ?

Pour ménager ses effets, Vlad marqua une pause délibérée, préliminaire nécessaire aux découvertes inattendues que l'Histoire retient d'une date que les dictionnaires parfois reproduisent ; toujours cette manie de mêler les chiffres aux lettres.

– Accouche !

Il s'éclaircit la voix et étala enfin sa science.

– C'est un index droit. Celui d'un homme de soixante ans, peut-être soixante-dix. Pas possible d'être plus précis avec les ustensiles dans ma disposition. Le dessin de l'empreinte sur le doigt est un petit peu usé, comme souvent dans ces âges-là qui sont plus près de la mort que nous.

Gabriel ignorait ce phénomène d'effacement progressif qui se produit au bout de nos doigts ; ainsi, à mesure du vieillissement l'identité digitale disparaît progressivement.

– T'es sûr de ça ?

Vlad se drapa dans le pan de son tablier, rétorquant qu'il est médecin, pas aussi spécialiste des doigts que Gérard ne l'est des pieds, certes, mais, en Roumanie, les effets du vieillissement sont universellement connus et ont été étudiés par le célèbre docteur Aslan de renommée mondiale.

– Les plus jeunes centenaires, c'est chez nous qu'ils habitent.

– D'accord, d'accord, t'es admis à l'examen, s'impatienta Gabriel. Donc, c'est tout ce que tu as trouvé...

– Non. Il y deux autres choses. Un, c'est un doigt albanais.

– Là, tu m'épates.

– C'est marqué sur le tube : «*Aspirinë*» et puis en petit, en dessous, «*Prodhuar në Tiranë nga Profarma*». Ce qui veut dire que c'est fabriqué à Tirana, la capitale de l'Albanie.

– Continue à te foutre de moi et je te fais bouffer tes orteils !

– Calme-toi, je savais pas que tu comprenais l'albanais…

– Bon bon, la deuxième ?

La bouche de Vlad se colla si près de l'oreille de Gabriel que celui-ci dut s'écarter pour éviter que les mots métalliquement susurrés par le médecin ne lui vrillassent le tympan.

– Le doigt, il est tout frais. Coupé d'il y a pas plus d'une semaine. Un doigt, bien conservé. Tu connais son propriétaire ?

– Non.

– Des Albanais de cet âge, là-bas ils sont environ quatre cent mille. Ou plus. Ou moins. Enver Hodja, il en a tué beaucoup.

Quatre cent mille. Sur une population de trois millions et demi d'habitants. Voilà qui réduit considérablement les recherches… Gabriel rangea le doigt dans sa poche revolver sans se décourager. Comme disait l'autre, il est beaucoup plus facile de trouver une aiguille dans une botte de foin qu'une aiguille dans une botte d'aiguilles. Il avait l'aiguille et la botte faisait face à l'Italie.

Sur le seuil du bistrot, il sémaphora un «au revoir» à Gérard qui, rivé à son comptoir, essayait de comprendre ce qui avait pu justifier une aussi longue conversation entre son employé et le Poulpe. Avant de sortir, Gabriel murmura à Vlad :

– Merci quand même. Si j'avais du piston, tu serais déjà docteur *honoris causa*. Mais t'es vraiment certain que tu peux pas m'en dire plus ?

– Désolé le Poulpe, je suis rationaliste. Mes

études ne m'ont pas appris à lire dans les lignes de la main.

Ils se la serrèrent.

Sur l'avenue Ledru-Rollin, Gabriel calcula mentalement. Soixante-soixante-dix ans. L'homme qui n'a plus que neuf doigts a tout vécu de l'histoire contemporaine de l'Albanie : du poing victorieux lors de la victoire sur les fascistes italiens et les nazis, jusqu'à la poigne de Staline et l'œil de Moscou, avec un détour par les cent fleurs de Mao. La totale. Le royaume des illusions perdues. Des illusions brisées dans l'œuf, successivement écrabouillées par les semelles italiennes, allemandes, soviétiques et chinoises. Sans oublier les croquenots d'Enver Hodja. Il y a des coups de pieds au cul qui se perdent.

## 8. Bis repetita

D'un violent coup de pied, le Poulpe ouvrit la porte du 27 rue Julien-Lacroix, troisième étage, sans prendre la peine de frapper ou de sonner. Pourquoi un homme qui ne répond pas au téléphone viendrait-il vous ouvrir ? L'appartement était sens dessus dessous, redécoré par un designer épileptique tendance destroy. Dans le salon, les livres d'Étienne Valoisin jonchaient le sol, comme si un cyclone était passé par là, bouleversant l'ordonnancement du monde et l'ordre alphabétique. Le corps du professeur d'histoire-géographie gisait quelques mètres plus loin, le crâne défoncé, à l'endroit même où la moquette du couloir s'arrêtait pour laisser place au carrelage en tommettes de la cuisine. Par acquit de conscience, Gabriel se pencha sur le corps pour recueillir un dernier souffle mais il se doutait bien que celui-ci s'était évaporé depuis longtemps. Depuis que le vétérinaire avait essayé de joindre Valoisin pour qu'il vienne récupérer le chien, en vain. Sans le savoir, il refit les mêmes gestes que le retraité face au cadavre de l'Albanaise. Il considéra les centaines de volumes éparpillés sur le sol. Proche du crâne du défunt, il repéra le sixième tome relié de la *Géographie universelle* d'Élisée Reclus, l'arme du crime, le fameux objet contondant qui servit à mettre le prof d'histoire-géo sur l'orbite éternelle. Une coulée de sang encore poisseuse en déparait la reliure ocre foncé. Le Poulpe gagna du temps : il s'abstint de fouiller l'appartement, sachant que l'intrus meurtrier n'y avait rien trouvé car ce qu'il cherchait était dans la poche poulpeuse : un tube d'aspirine avec un doigt inconnu dedans. L'assassin de Drita Nerguti, planqué dans une quelconque porte cochère, avait sans doute vu Valoisin, l'avant-dernière nuit, tenter de porter secours à l'agonisante. Persuadé que celle-ci en fit le dépositaire de l'objet tant convoité, il revint – c'est connu – sur les lieux de son crime pour passer une deuxième couche, inutile celle-là.

Avant de partir, Gabriel effaça les rares empreintes qu'il avait pu laisser ça et là. Courbé sur le sol, un bout de Sopalin à la main, il se raidit. Une latte de parquet venait de gémir dans son dos. La plainte caractéristique du bois domestique sur lequel une pression exercée depuis trop longtemps se relâche. En moins d'un quart de seconde, l'information se transmit au cerveau du Poulpe. Un dixième plus tard, il se propulsa sur le placard, attrapant au passage de quoi faire face. Hâtivement armé d'un laguiole dans une main, d'une poignée de poivre en poudre dans l'autre, il ordonna d'une voix sourde :

– Allez, sors ! Dehors !

La porte s'ouvrit lentement. Plaqué contre le mur, Gabriel vit émerger du placard un gamin d'une dizaine d'années, tremblant de tout son corps, la dentition furieusement castagnettes. L'enfant pivota sur lui-même avant de s'évanouir sur le carrelage.

À son tour, Gabriel endossa le rôle de la nounou. Il tapota les joues de l'évanoui, humecta son front d'eau froide tout en répétant des «Eh ! Oh ! Reviens mon pote, c'est ici que ça se passe...» En ouvrant un œil, le gamin eût sans aucun doute préféré que cela se passât ailleurs.

– T'inquiète pas, je suis un ami d'Étienne. T'as plus rien à craindre. Tiens, bois ça.

L'enfant du placard crispa ses mains sur le verre rempli de jus de raisin, le porta à sa bouche et avala une gorgée.

– Putain, c'est dégueulasse ce truc.

– Excuse-moi, j'ai rien trouvé d'autre. Le bois pas si t'en veux pas. Comment tu t'appelles ?

– Rachid.

– Moi c'est Gabriel.

En moins de cinq minutes, le Poulpe apprit par Rachid ce qui s'était passé. Le gamin, fils des gérants du Lavomatic de la rue de Belleville où Lavoisin déposait régulièrement son linge sale, avait sympathisé avec le prof depuis l'hiver dernier. Plus exactement, ce fut Conrad, le terre-neuve, qui conquit Rachid d'abord. Un enfant ne résiste pas à un tel pelage où la main se perd à force de caresses. Par la suite, au gré des visites d'Étienne, son kilo hebdomadaire de linge sale compressé dans un sac, la relation se noua pour se consolider définitivement lorsque Conrad périt. Depuis lors, Rachid faisait de fréquentes visites à Valoisin. Il se chargeait de son linge sale, le lui ramenait propre et bien repassé. Le prof, quant à lui, initiait son jeune ami en lui faisant découvrir les mystères du monde.

– J'étais monté pour qu'il me montre d'autres bouquins et puis on a sonné à la porte. Il est allé ouvrir. Tout de suite j'ai entendu que le vieux il comprenait pas ce qui lui arrivait. L'autre il était comme un fou, il s'excitait sur Étienne en le secouant par les épaules et en gueulant des trucs dans je sais pas quelle langue. J'étais dans la cuisine en train de boire un coup. Je me suis planqué dans le placard. Après, il y a eu plein de bruits et j'ai vu par une fente de la porte le mec qui s'acharnait sur le vieux avec un gros bouquin. Étienne, il a pas résisté, il est tombé au premier coup… Ça m'a mis un tel choc que je suis resté paralysé. Même pleurer, je veux dire avec les vraies larmes qui coulent sur les joues, tout ça, j'ai pas pu. Je pouvais plus rien faire… J'arrivais pas à sortir du placard.

Rachid baissa les yeux et se mit à pleurer, gêné. Le Poulpe détourna le regard pour laisser l'enfant tout à sa peine.

– Quand je vous ai entendu entrer, j'ai cru que c'était l'autre qui revenait. Putain, pourquoi il a fait ça ?

S'il avait disposé de tous les éléments de réponse à cette question d'importance, Gabriel en aurait sans doute sélectionné quelques-uns pour satisfaire la curiosité légitime de Rachid. Mais, hormis cette histoire de doigt baladeur, il nageait en plein potage.

– Je n'en sais pas plus que toi, Rachid. Malheureusement. Il est resté longtemps après avoir… ?

– J'en sais rien. Dix minutes, vingt minutes, peut-être plus. Dans le noir ça m'a paru vachement long. Il a foutu le bordel partout, mis tous les bouquins par terre et il s'est cassé.

– C'est tout ?

Rachid réfléchit.

– Oui. Ah non, avant de partir, il a téléphoné.

Le Poulpe bondit de la chaise où il était assis et se rua sur le téléphone. Il fixa l'appareil un moment, décrocha le combiné et pressa la touche bis. Trois sonneries après et vingt-six mesures de la plus primesautière des *Quatre saisons* plus tard, une voix féminine susurra : « TransFret bonjour… »

Il raccrocha. Rachid le regarda, interrogatif.

– T'as rien dit…

– Je suis un grand timide.

Il décrocha à nouveau, composa le 17 et improvisa un timbre de haute-contre pour signaler aux flics qu'une victime les attendait au 27 de la rue Julien-Lacroix. Dans la rue, il quitta Rachid en lui faisant promettre le plus grand silence sur leur rencontre. Le gamin opina, ravala difficilement les larmes posthumes destinées à son ami et considéra l'escogriffe dont la silhouette n'allait pas tarder à s'évanouir de son paysage. Rachid suivit le Poulpe des yeux alors que celui-ci quittait la rue Julien-Lacroix pour celle de Ménilmontant. Avant de bifurquer, Gabriel se retourna vers lui. Lança :

– Moi aussi j'ai plein de linge sale à laver, à bientôt Rachid !

## 9 - Panda

Lorsqu'il mit le doigt dans cette histoire, le Poulpe ne se doutait pas qu'elle allait lui offrir une petite madeleine sur un plateau. En descendant du taxi, il éprouva cette troublante et délicieuse sensation de déjà-vu provoquée par le décor où il venait de planter ses grands pieds. Debout dans cette étroite rue de Vincennes, la rue de la Jarry – rien à voir avec la mère Ubu – à trois pas du cimetière, il balaya le périmètre des yeux et gomma rapido le tiret qui sépare le déjà du vu transformant ainsi une notion abstraite en un souvenir bien concret. Il était déjà venu ici, il avait déjà vu le minable hôtel du Morvan (trois étoiles au guide Gogues et Crado) car il y vécut trois jours, cloîtré dans la chambre 4. À l'époque, face à l'hôtel, s'étalaient de vieux hangars pourris que l'on avait démolis depuis pour édifier un immeuble de bureaux où la société TransFret occupait dorénavant tout le rez-de-chaussée ainsi que le premier étage. Cette époque c'était 1979 et déjà sous Giscard perçait Mitterrand. Par une belle après-midi printanière, avec un petit groupe d'amis, Gabriel se paya le luxe de s'occuper bénévolement de l'inventaire d'une librairie d'extrême droite nichée dans le quartier de Saint-Sulpice entre deux officines où l'on dealait des crucifix. Il pulvérisa vitrine et étagères, balança sur les murs des litres de peinture noire ainsi qu'une bonne dose de marrons sur le libraire et sa clientèle nauséabonde. Les flics déboulèrent peu après la fin du happening et, bien que leurs goûts esthétiques les éloignaient de cette forme d'action-painting, ils voulurent néanmoins connaître l'identité de l'artiste. Le Poulpe parvint de justesse à leur échapper. Il décida de se mettre au vert le temps que la peinture sèche. Un pote, vaguement lié aux pro-situs de Montgeron, lui indiqua l'hôtel du Morvan, lieu idéal pour se retrancher du monde. Gabriel proposa à Caroline, grande dévoreuse des ouvrages de Wilhelm Reich dont il était alors amoureux, de l'accompagner dans sa retraite provisoire. Elle accepta sans hésiter et pendant soixante-douze heures d'affilée, dans la chambre 4 de l'hôtel morvandiau, ils expérimentèrent les thèses du psychanalyste austro-américain : pas de doute, la jonction crée l'orgasme.

À l'aube du quatrième jour, un inspecteur se pointa et félicita Gabriel pour ses dons picturaux.

– Allez Jackson Pollock, prépare-toi pour une conférence en correctionnelle. Le débat risque d'être mouvementé.

Intrigué par ce couple étrange, le patron de l'hôtel avait prévenu les flics. On envoya le Poulpe en bataillon disciplinaire, villégiature peu propice à l'éveil de l'esprit mais très pédagogique pour le maniement des armes. Par la suite, Gabriel ne le regretta pas.

– Veuillez patienter quelques instants monsieur Barnier, le directeur va vous recevoir.

Gabriel reconnut instantanément la voix enjouée de l'hôtesse d'accueil à qui il avait coupé le sifflet une heure plus tôt chez Valoisin. Comme pour multiplier ses chances de reconnaissance vocale, elle enchaîna plusieurs « TransFret bonjour » au standard et dispatcha les communications sans cesser d'adresser au visiteur tentaculaire un sourire charmeur destiné à rendre l'attente plus agréable.

– Vous pouvez monter. C'est au premier. La porte face à l'ascenseur.

Gabriel préféra l'escalier. Démoulières, le directeur, se leva de son fauteuil pivotant pour l'accueillir en lui serrant commercialement la main. Puis il se rassit et croisa les doigts sous son menton prognathe. Le Poulpe constata qu'il était aussi grand que lui et qu'il ressemblait comme deux gouttes de pastis à Fernand Contandin dit Fernandel.

– Que puis-je faire pour vous cher monsieur Barnier ? demanda Démoulières avec un accent belge prononcé. Oui, je sais, généralement, ça surprend la première fois : l'allure de Fernandel avec les intonations de Raoul de Godewarsvelde. Vous le connaissez Raoul de Godewarsvelde ?

Gabriel acquiesça. Tous les amateurs de bière ont au moins une fois entonné le célèbre *Quand la mer monte*, création du gros Raoul qui fit autant pour la promotion des brasseurs que les pompes funèbres Roblot pour ses bières.

– J'ai besoin d'un transporteur sérieux...

– TransFret est une maison sérieuse, monsieur

Barnier, trente années d'existence et jamais le moindre accroc.

– ...Pour acheminer du matériel dans les plus brefs délais.

– Aucun problème. La célérité est l'un de nos points forts. C'est quel genre de matériel ?

– Du matériel cinématographique : table de montage, caméras, projecteur, etc... Un lot que j'ai racheté à une société en faillite et que je veux offrir à un ami cinéaste albanais, afin de l'aider dans ses entreprises.

Le clone de Fernandel hocha la tête, décroisa les doigts. Son majeur gauche lissa consciencieusement l'arête du nez de Démoulières. Si ce dernier avait ressemblé à Arthur Rubinstein, le Poulpe aurait sans doute parlé pianos plutôt que cinoche ; de toute façon, tout cela n'était que pipeau et peu importait la taille de l'instrument.

– C'est très généreux de votre part. Il réside où votre ami albanais ?

– En Albanie, bien sûr. Comme la plupart de ses compatriotes.

– Je ne voudrais pas vous décevoir monsieur Barnier mais si TransFret travaille beaucoup sur l'Europe et le pourtour du bassin méditerranéen, nous n'avons absolument pas le moindre contact avec l'Albanie.

– Ah...

– Je ne vous le fais pas dire. Comprenez-moi bien, il ne s'agit pas d'une quelconque antipathie à l'égard de ce pauvre peuple balkanique. Mais nous préférons éviter les complications. L'année dernière, une maison concurrente mais néanmoins amie, a connu de graves déboires en Roumanie : sept semi-remorques entièrement pillés et désossés par des hordes.

– Faméliques, les hordes ? suggéra le Poulpe, sarcastique.

– Euh oui, je pense... Alors vous imaginez la tête du client...

Gabriel préféra celle de Fernandel, la vraie.

– Je l'imagine.

– Je pense que vous n'aimeriez pas avoir la même. Dès que l'on pénètre dans les Balkans, vous savez... *Terra incognita.* C'est normal, il faut laisser à ces gens le temps de digérer leur malheur. Et surtout d'assainir une situation économique catastrophique. Que de leur passé ils fassent table rase, selon l'expression consacrée qui figure dans je ne sais plus quelle chanson. On ne passe pas sans transition de la nuit stalinienne aux lumières du libéralisme, sans chaos. Voyez-vous, ce qui manque à ces gens-là, c'est la patience. On ne peut pas tout avoir tout de suite, c'est impossible. Après des semaines de jeûne forcé à l'hôpital, vous n'allez pas bêtement vous taper la cloche chez Lasserre, hein ?

Le Poulpe s'en remit à Barnier pour qu'il reste zen. Pas le moment d'argumenter à l'aide de paires de baffes avec ce médiocre représentant de la franchouillardise nantie qui a commencé à construire son assise sous Vichy pour la consolider ensuite avec les terreurs de l'Est.

– Je comprends, marmonna le double schizoïde de Gabriel. Désolé de vous avoir dérangé monsieur Démoulières, je m'organiserai autrement. Mon ami sera déçu car je lui avais promis ce matériel d'ici la fin du mois. Enfin, Nerguti n'est pas un barbare, il comprendra lui aussi.

Le patronyme ne produisit aucun effet chez le transporteur. Pas le moindre cillement ni la plus imperceptible crispation de mâchoire. Même pas un discret raclement de gorge. Fernandel reconduisit le Poulpe à la porte de son bureau et prit congé en lui souhaitant bonne chance.

– Encore une fois, croyez bien que je me sens confus pour votre ami, insista-t-il. J'adore le cinéma. Mais, d'une certaine manière, je lui rends service : peu de chances que votre matériel parvienne jusqu'à ses bureaux. Vous avez vu le dernier Sautet ?

Démoulières n'eut pas de réponse car Gabriel avait déjà tourné le virage angulaire de l'escalier. Quand il repassa devant elle, l'hôtesse se redressa derrière son standard pour mettre en valeur sa poitrine moulée dans un Lycra mauve. Le Poulpe salua d'un fugitif sourire les deux seins généreux : il y avait du monde aux Balkans.

## 10 - Assumpta

Le patron n'était plus le même et la chambre 4, intacte. Une quinzaine d'années après, Gabriel eut le sentiment de retrouver le lieu tel qu'il l'avait laissé en partant. Il se posta derrière les rideaux de la fenêtre, à la fois masqué par le voilage pisseux et la couche de crasse accumulée sur les vitres en une sorte de double vitrage naturel, et attendit qu'il se passe quelque chose en face, chez TransFret. En lâchant à dessein le nom de Nerguti, il espérait avoir déclenché le mécanisme d'une bombe à retardement. Mais il ignorait le moment de l'explosion. De son poste d'observation, le bureau de Démoulières était invisible car situé de l'autre côté du bâtiment et donnant sur un grand parking où stationnait une flotte de poids lourds. Vers 18 heures 20, à la tombée du jour, l'hôtesse sortit et s'engouffra dans un 4X4 Ford Maverick où elle embrassa passionnément le conducteur, un blond frisé qui démarra aussitôt le baiser terminé.

Gabriel alluma une cinquième Gitane. Il commençait à faire soif. Désir de bière. À la demie, les néons de TransFret s'éteignirent les uns après les autres en vacillant.

La sonnerie du téléphone résonna dans le salon de coiffure alors que Cheryl verrouillait la porte. Désolée mes louloutes, l'heure c'est l'heure, fredonna gaiement la poulpeuse créature, vos tignasses attendront jusqu'à demain. Elle brancha le répondeur mais au lieu d'entendre une cliente sollicitant un rendez-vous ce fut la voix du Poulpe qui décommandait. Furieuse, elle décrocha le combiné.

– Excuse-moi chérie, je crois que je serai un peu en retard.

– De combien de jours ?

– Je te rap…

Gabriel raccrocha en vitesse pour aller se recoller à la fenêtre crasseuse : une voiture venait de se garer devant la porte de TransFret dans un exaspérant crissement de pneus. Un homme à la cinquantaine rondouillarde en sortit, un attaché-case à la main, le sommet du crâne luisant sous la lumière des réverbères. Démoulières accourut dans le hall pour accueillir le visiteur avec déférence. Les deux hommes disparurent ensuite dans l'immeuble.

Le Poulpe ne connaissait pas grand-chose au prix des bagnoles mais celle-ci devait peser, l'un dans l'autre, cent cinquante SMIC, quatre cent cinquante RMI ou mille cinq cents salaires mensuels albanais. Sur le pare-brise arrière, deux autocollants étaient symétriquement apposés. L'un du WWF avec son panda ébahi, l'autre proclamant : «Attention bébé à bord». Un bébé dans une Porsche, franchement. À moins que le conducteur du bolide ne se désignât ainsi par auto-ironie. Gabriel se pencha pour examiner l'intérieur de la voiture. Sur le siège passager gisait *Le Figaro* du jour encore maintenu plié par sa bande d'abonnement. Il plissa les yeux. Avec le concours du réverbère proche, il put déchiffrer nom et adresse. Monsieur Charles Klee, 12 avenue Rapp, 75007 Paris. Toujours ça de gagné. Il aurait aimé farfouiller dans la Porsche, voir si la boîte à gants ne renfermait pas des informations supplémentaires mais, a) il n'avait pas le trousseau de Klee, b) une silhouette descendait la rue de la Jarry et s'avançait inéluctablement vers lui. Il prit un air dégagé, s'écarta de la voiture, consulta plusieurs fois son bracelet-montre, soupira en tapotant le trottoir du pied : attitude basique de celui à qui l'on a posé un lapin. Il cessa son improvisation lorsqu'il vit la silhouette s'arrêter devant TransFret et sortir une clé de sa poche. De sous son manteau dépassaient les pans d'une blouse en nylon bleu. La femme de ménage. Gabriel s'approcha d'elle, un sourire charmeur aux coins des lèvres, et échangea quelques mots avec la technicienne de surface.

– Donc vous n'avez pas la moindre idée de qui peut être ce type ?

Démoulières baissa les yeux pour fuir le regard accusateur de Klee.

– Aucune. Je ne comprends même pas comment il a pu arriver jusqu'ici. Ni ce qu'il veut. Ni ce qu'il cherche.

– Je me fous de ce qu'il veut ! Je me fous de ce qu'il cherche ! L'essentiel est qu'il ne trouve pas !

– Peut-être était-il sincère, hasarda le directeur de TransFret... Et qu'il avait vraiment du matériel à convoyer là-bas... Des Nerguti, il y en a des tas.

Bébé à Bord frappa le bureau du plat de la main, provoquant un feu d'artifice de stylos.

– Des tas ! Si vous continuez à les éliminer les uns après les autres, il n'en restera plus beaucoup !

– Je vous ai déjà dit vingt fois monsieur Klee que je ne suis absolument pour rien dans cette tragique affaire. Je... Je l'ai découverte dans le journal. Vous croyez que je me compromettrais dans des histoires de meurtre ? Vous pensez que je suis assez stupide pour mettre ma société en péril et...

– Pas de laïus, Démoulières. Ravalez votre couplet sur les misères des PME. Pour l'instant, c'est moi que vous mettez en péril.

– Personne ne sait que je travaille pour vous. Quant à cette pauvre fille, la police a conclu au crime crapuleux.

Klee grimaça.

– Le terme est on ne peut plus approprié. Pour ce qui concerne nos relations professionnelles, je ne suis pas aussi optimiste que vous. Il y a tout de même ce fouineur. Je parie que vous n'avez même pas cherché à le titiller, le sonder. Je me trompe ?

Fernandel se leva et, pour faire diversion, ouvrit le mini-bar installé sous la baie vitrée surplombant le parking.

– Vous désirez boire quelque chose ?

Bébé à Bord soupira.

– Je ne me trompe pas…

– Il m'a semblé plus judicieux de rester sobre. Vous ne voulez rien boire ? Pour ne pas risquer de lui mettre la puce à l'oreille.

– Si, whisky, sans glace. La puce à l'oreille. Vous n'avez pas envisagé que ce type peut devenir un véritable morbaque, une teigne, une sangsue ou je ne sais quoi d'autre ? Vous êtes désarmant. Si c'est un maître chanteur, on n'a pas fini de rigoler…

Il téta la moitié du Famous Grouse, les lèvres charnues mollement posées sur le rebord du verre. Sa pomme d'Adam fit trois aller-retour de yoyo. De l'autre côté de la porte, la femme de ménage s'était totalement désintéressée de la poussière éparpillée sur le lino verdâtre du couloir. Un fichu noué autour de la tête, engoncée dans la blouse de nylon bleu, elle écoutait, l'oreille plaquée contre le bois vernis. Un silence de près d'une minute dramatisa l'atmosphère du bureau. Seuls quelques tintements de glaçons, Démoulières avait dû se mettre à picoler à son tour, égayèrent l'absence de bruit. La voix de Klee reprit :

– Toujours est-il qu'il est absolument hors de question d'annuler le prochain convoi. J'espere que vous en êtes conscient et que vous avez pris toutes les mesures nécessaires afin de minimiser les risques.

– Ne vous inquiétez pas monsieur Klee. Nous redoublons de vigilance. Mon contact albanais a tout verrouillé, la marchandise sera livrée comme prévue le 18. J'ai d'ores et déjà…

– Pas de détails, Démoulières ! Pas de détails ! Je ne suis pas de ceux qui visitent les cuisines des restaurants après avoir soupé. Contentez-vous d'assurer votre tambouille et mitonnez-moi tout ça aux petits oignons, comme d'habitude. Le reste ne m'intéresse pas. Mais je vous préviens, s'il y a le moindre accroc, la plus petite égratignure, vous vous raccommoderez tout seul !

Sentant que la conversation arrivait à son terme, la technicienne de surface s'écarta de la porte et gagna l'extrémité du couloir. Fernandel sortit le premier pour appeler l'ascenseur. Bébé à Bord leva une main agacée.

– Je descends à pied. Besoin d'exercice.

Il fit trois pas vers l'escalier et se retourna vers le transporteur. D'un coup sec du menton il désigna la femme de ménage en train de se débattre avec une serpillière. Démoulières le rassura.

– Elle est portugaise, son vocabulaire se limite aux tâches domestiques.

– Bon… À propos de cette Albanaise assassinée, Dieu ait son âme, essayez de vous renseigner pour savoir si elle avait vraiment des preuves compromettantes.

– Comment voulez-vous que je…

– Pas avec moi Démoulières, s'il vous plaît. Je ne veux rien connaître de vos combines mais ne me faites pas croire que vous n'aviez pas quelqu'un sur le coup. Dans le cas contraire vous me décevriez beaucoup. On commence par la déception, le dépit, tout ça, et puis qui sait où cela nous mène…

Fernandel considéra le bout de ses mocassins et gratouilla nerveusement le nœud de sa cravate imitation cashmere.

– Pour l'instant, on n'a rien trouvé… Et dans son état, il n'est plus possible de faire parler la fille.

– Dans ce cas, c'est très bien ainsi. Les grandes douleurs sont muettes. Au revoir.

Les grosses fesses de Klee disparurent en tressautant dans l'escalier. Démoulières attendit qu'il soit hors de vue et d'ouïe pour exploser :

– Sombre connard de gros porc à Porsche, un de ces quatre, je vais te les faire bouffer, tes putains de saloperies ! Tu vas les sentir passer, immonde sac à merde !

Claquement de porte. Vibration de béton. Ulcère qui se prépare. Humiliation. Autre whisky, probablement.

Jugeant son boulot terminé, la Portugaise abandonna balai, seau et serpillière et quitta les locaux de TransFret les mains irritées par le détergent. Elle traversa la rue, entra dans l'hôtel du Morvan, passa devant le patron en télépathie avec la première chaîne, monta l'escalier et se faufila dans la chambre 4. La femme de ménage s'était assoupie sur le lit. Elle sursauta comme prise en faute lorsque la Portugaise entra. Le Poulpe se débarrassa de la blouse et du fichu, les rendit à sa propriétaire avec le prix de la location convenu au préalable. Puis se rinça les mains.

– Merci Assumpta. Merci beaucoup. Obrigado.

Assumpta revêtit sa tenue de travail, empocha les billets (l'équivalent d'une bonne semaine gagné en moins d'une demi-heure) et sortit. Gabriel suivit sa trajectoire des yeux. Elle pénétra chez TransFret pour officier à son tour. Il faudrait beaucoup plus qu'une femme de ménage pour nettoyer la merde qui stagne là-dedans, rumina le Poulpe.

## 11 - Tirana

Le lendemain, en fin de matinée, le 15 octobre, Gabriel Lecouvreur atterrit à Rinas, unique aéroport du Pays des Aigles, situé à une vingtaine de kilomètres au nord-ouest de la capitale albanaise. Ce même jour, à la même heure, Cheryl n'avait pas le cœur à l'ouvrage. Depuis l'ouverture du salon, elle massacra trois brushings et rata deux couleurs. La veille, vers onze heures du soir, le Poulpe passa en coup de vent dans son appartement, emplit un sac de sport des quelques affaires qu'il laissait au fond de la penderie de Cheryl au cas où (l'étagère du haut lui était réservée), remit le tube contenant le morceau de doigt dans le congélateur et embrassa sa compagne sur le bout de nez.

– T'es en progrès, Poulpe, d'habitude tu te casses comme un voleur. Là, j'ai droit à cinq minutes. Tu vieillis ou quoi ?

Gabriel ne répondit pas, déchira une page du

bloc dévolu aux courses fixé par un magnet à visage humain (Marylin, ter) sur la porte du réfrigérateur et y inscrivit le nom et l'adresse de Charles Klee.

– Tiens, dit-il en donnant le papier à Cheryl, j'ai besoin d'en savoir le maximum sur ce gugusse. Son boulot, ses fréquentations, tout ça. Ah oui, autre chose : dans le congélo, tu trouveras un tube Kodak derrière tes Häagen-Dazs. Dans le tube, il y a un autre tube.

– Et dans l'autre tube, qu'est-ce qu'il y a ? Tu joues aux poupées russes ?

Il caressa doucement la nuque de sa fidèle compagne, lissa une mèche de ses cheveux blonds du bout des doigts, l'entortilla autour de son annulaire comme une alliance éphémère.

– Il vaut mieux pas que tu saches, mon amour. Dès que tu as un moment, porte-le chez Bertherat de ma part pour qu'il y jette un œil avisé. Par exemple demain, à l'heure du déjeuner. Ça ne t'ennuie pas ?

– Pour être franche, mon amour, ça me fait complètement chier mais j'irai quand même. Il est pas mal Bertherat et puis on sait toujours où le trouver, lui. Il ferait un bon compagnon de rut. À tes risques et périls !

Gabriel enfila son blouson de cuir, indifférent à la provocation de sa douce et tendre.

– Bon, je file. Je t'appelle de là-bas. Promis chérie.

– Tu rentres quand ? On peut savoir ou c'est classé secret-défense ?

– Le 19 au plus tard. J'ai un rencart très important la veille.

– Brune ? Rousse ? Bonnet C ou D ?

– Je t'aime.

Avant qu'elle ait pu obtenir des précisions géographiques sur ce là-bas, le Poulpe s'était déjà esquivé pour nager vers les eaux troubles. Au milieu de la nuit, Cheryl se réveilla, tarabustée. Elle ouvrit le congélateur et fixa longuement les pots poires-cassis, myrtilles-fruits de la passion disposés en quinconce. Puis elle se décida à plonger la main dans le froid. Elle attrapa le tube et le décapsula par deux fois. En découvrant la phalange qui commençait à se racornir, en sentant l'odeur persistante du formol, elle eut un haut-le-cœur et regretta, à l'instar de l'héroïne de Barbe-Bleue, d'avoir voulu satisfaire sa curiosité. Mais le mystère entretenu par le Poulpe avait attisé son désir de savoir. Elle se recoucha en proie à une sourde angoisse. Protégée par la couette rose, elle confia à Maman Kangourou :

– Si mon mec continue à me foutre des saloperies de bout de doigt dans le frigo, ça va pas traîner : je le mets à l'index, Lecouvreur !

Sur ce elle ferma les yeux mais ne put se rendormir. Elle aurait payé cher pour se métamorphoser en belle au doigt dormant.

À quatre heures du matin, Gabriel tambourina chez Pedro. Le vieil anarchiste catalan, imprimeur à la retraite, grommela lorsqu'il vit par le judas la silhouette du Poulpe déformée par le fish-eye se découper dans la nuit. Il avait un peu trop forcé sur la manzanilla au dîner et ses mains s'emmêlèrent les pinceaux quand il déverrouilla la porte. Gabriel se glissa dans le capharnaüm de l'atelier.

– Excuse-moi Pedro, j'ai pas eu le temps de te prévenir.

– Tu préviens jamais.

– J'ai besoin d'un passeport tout frais. Je pars demain.

– Un passeport ? Tu t'internationalises maintenant ? ironisa le réfugié espagnol qui jusqu'alors n'avait fourni à Gabriel que de fausses cartes d'identité franco-françaises. Et tu vas où ?

– En Albanie.

Pedro écarquilla les yeux.

– Qu'est-ce que tu vas foutre là-bas ?

– La vidange.

Il dévisagea le Poulpe en remuant la tête, incrédule.

– La vie d'ange… Tu te sens pousser des ailes, Gabriel ?

– Je décolle demain matin à neuf heures et demie.

Pedro ouvrit un gros bureau à cylindre où il rangeait ses outils de précision et extirpa un passeport vierge d'un tiroir à double fond.

– Je vais faire court. J'ai les mains qui tricotent toutes seules. Et dans la tête, un rêve que tu as interrompu. T'étais aux commandes de ton zinc et tu décollais pour ne plus jamais remettre les pieds sur terre, surtout à quatre plombes du mat'.

Gabriel songea qu'il finirait peut-être ainsi, si jamais il réussissait à terminer la restauration de son cher Polikarpov qui pour l'instant moisissait dans un hangar de l'aérodrome de Moisselles.

C'est donc sous le nom de Guy Olt (six lettres, Pedro avait vraiment fait court) que le Poulpe débarqua sur la planète albanaise. Durant les trois heures du vol Alitalia (Paris-Rome, Rome-Tirana) il récapitula les éléments dont il disposait. Cela lui rappela le petit train d'Interlude qu'il apercevait, gamin, sur le téléviseur Ducretet-Thomson de son oncle, dont chaque wagon affichait un fragment du rébus. Sur ses wagons à lui il dessina mentalement : un cadavre féminin (couteau dans le ventre et langue coupée), une phalange sectionnée, une poule dans un poulailler («poulaille» ou «pue l'ail» ? Valoisin avait pu mal comprendre les dernières paroles de Drita Nerguti), un sosie nordique de Fernandel, un gros bébé hautain et menaçant défenseur de la vie sauvage (dur à dessiner), un tas de saloperies surmonté d'un immense point d'interrogation. Jamais Gabriel n'était parti sur le terrain avec aussi peu de biscuits et sans avoir la moindre idée de ce à quoi il allait être confronté. Pourtant, il éprouvait impérativement le devoir de poursuivre l'action de Drita. Elle ne serait pas morte pour rien.

Il descendit la passerelle et parcourut la centaine de mètres qui séparait le Fokker du modeste bâtiment de l'aéroport. Une allée de palmiers souffreteux cuisant sous le soleil. L'air était moite, la chaleur pesante. Parmi la quinzaine de passagers il repéra une brassée d'hommes d'affaires (la cravate nouée sur le col de la chemisette et le téléphone cellulaire dépassant de la poche du veston sont des signes qui ne trompent pas), quelques curés français et italiens (bonne chance, les gars), un groupe de touristes et deux trois égarés. Avant que l'on ouvrît la soute à bagages, Gabriel ne se doutait pas que Drita Nerguti avait fait le voyage avec lui. Cinq soldats sortirent un cercueil plombé des entrailles de l'avion. Retour au pays natal. Ils le portèrent solennellement jusqu'à une estafette Fiat déglinguée, garée sur le parking jouxtant la piste d'atterrissage. Autour du véhicule, des hommes de générations différentes étaient rassemblés, vêtus de costumes sombres, la tête recouverte de feutres gris. Il ralentit pour observer la scène. Les hommes, probablement la famille de Drita, père, oncles, cousins et neveux, prirent le relais des soldats et chargèrent le cercueil à l'arrière de l'estafette. Le plus âgé d'entre eux signa plusieurs papiers que le gradé lui présentait. Pas un seul mot ne fut échangé. On se regardait sans se voir. Les gestes étaient secs, précis. L'émotion contenue. Sur le visage de ces hommes meurtris s'affichait une détermination froide, implacable. S'ils parvenaient un jour à mettre la main sur l'assassin de leur parente, le Poulpe n'aimerait pas être à la place de ce dernier. Puis tout le monde s'engouffra à l'intérieur du véhicule qui démarra dans un nuage de poussière.

Gabriel traversa le petit hall, aux murs des slogans pour Coca-Cola remplaçaient ceux du parti communiste albanais, et se rangea dans la file pour s'acquitter des formalités d'usage. Les hommes d'affaires eurent droit à un traitement de faveur : en deux coups de cuillère à pot les autorités tamponnèrent leurs passeports. Enfin le tour de Guy Olt arriva. Dans sa guérite de contre-plaqué, un policier moustachu examina le travail de Pedro, compara le visage du Poulpe à sa représentation photographique plus jeune de cinq ans et, jugeant la ressemblance suffisante, apposa le visa sur la dernière page du document. Gabriel déboursa les quinze dollars de taxe, étonné que le fonctionnaire ait tamponné le document à la fin. Pendant qu'un douanier léthargique palpait son sac, il comprit : l'homme devait être musulman donc pour lui la dernière page était la première.

Devant l'aéroport, il n'eut aucun mal à trouver un taxi. Ils surpassaient en nombre les passagers de l'avion. Il évita les nuées de gamins qui brandissaient des souvenirs de pacotille (comment désirer acquérir le souvenir d'un pays dont on ne connaît presque rien ?), des bouteilles de sodas tièdes et monta dans une vieille Mercedes cabossée. En claquant la portière récalcitrante, il remarqua un type assez baraqué, lunettes de soleil relevées sur le front, un cabin-bag en bandoulière, les pectoraux saillants sous un tee-shirt à l'effigie de Droopy, qui achetait un paquet de cigarettes à un vendeur ambulant. Le chauffeur démarra sur les chapeaux de roues, zigzagua entre les mômes et bifurqua à gauche afin de s'engager sur la route de Tirana. Trois cents mètres suffirent pour que l'aiguille du compteur atteigne le cent quarante. Gabriel se tassa sur la banquette, agrippa la poignée de la porte, le corps ballotté à cause des nids de poule qui trouaient le macadam. Il se concentra tant bien que mal et passa au crible sa mémoire des deux derniers jours. Il fit défiler devant ses yeux un trombinoscope virtuel : ce type ne lui était pas inconnu. Mais impossible de localiser l'endroit où il l'avait déjà vu.

– Italiano ? questionna le chauffeur en insérant

une cassette d'Adriano Celentano dans la fente du lecteur.

– Français.

Le chauffeur se retourna, ravi, vers son passager, lâchant le volant d'une main.

– Français à Paris ?

– Oui. Attention !

Une vache broutait paisiblement sur le bas-côté. Il l'évita *in extremis*, décéléra puis, la route redevenant rectiligne, rappuya sur l'accélérateur, histoire de maintenir la moyenne. Allez ! Vas-y donc ! Un coup de volant à gauche, un autre à droite, c'est ça, profite de la côte pour doubler, oh putain la charrette, aïe aïe aïe le camion, ouille ouille ouille les vélos... Gabriel expira longuement, posa une main rassurante sur son cœur, t'inquiète pas mon vieux on va bientôt arriver. La Mercedes dépassa à tombeau ouvert l'estafette funèbre en klaxonnant furieusement. Plus loin, un troupeau de moutons eut l'excellente idée de traverser la route. Le taxi s'immobilisa le temps que les ovins passent. Le Poulpe se promit que, dès qu'il aurait fini de bricoler son Polikarpov, avant même de passer son brevet de pilote et de jeter un œil vers la biroute pour savoir d'où vient le vent, il offrirait au chauffeur son premier baptême de l'air, enchaînerait une sacrée série de loopings, vrilles, piqués et feuilles mortes. Le dernier mouton à peine disparu, le conducteur, en bon disciple de Prost, partit à la recherche du temps perdu. Le paysage recommença à défiler audelà des vitres, kaléidoscope survitaminé où Gabriel piocha quelques images fugitives. Fermes délabrées dispersées dans la vallée et sur les collines en bordure de champs de blé et de tabac ; rangées d'oliviers et d'arbres fruitiers, carcasses de voitures calcinées abandonnées dans les fossés, squelettes de camions transformés parfois en buvette, minuscules mosquées de construction récente dont les minarets pointaient vers le ciel comme des doigts levés. Et partout, absolument partout : des bunkers. Les demi-sphères de béton grisâtre pullulaient des bas-côtés à la ligne d'horizon. Impressionnante collection de pustules qui avaient proliféré comme des métastases depuis les années soixante, accumulation monomaniaque, paranoïaque, initiée par Enver Hodja himself. Image multipliée, démultipliée, surmultipliée de l'Albanie sous le règne du tyran qui réussit à transformer le pays en un gigantesque bunker de vingt-neuf mille kilomètres carrés. Certains paraissaient habités, sur d'autres du linge multicolore séchait. À la périphérie de Tirana, il en repéra un dernier sur lequel se dressait une antenne de télévision.

La Mercedes stoppa à l'angle d'une immense place, au centre de la ville. Le Poulpe sortit de la voiture et déplia ses tentacules. Aussitôt, une sensation d'oppression s'empara de lui à la manière d'un corset invisible. Construite au pied du mont Dajti, Tirana semblait encaissée dans une cuvette où l'air chaud stagnait. Le chauffeur sortit à son tour et pointa un index triomphal sur sa Rolex contrefaite.

– Vingt minutes mais parce que les moutons ! il s'exclama dans un français approximatif. Moi c'est Agron, et toi, ton nom ?

– Euh… Guy. Oui c'est ça, Guy.

Il détestait ce prénom et soupçonnait Pedro de l'avoir choisi exprès.

– Tu viens pour les affaires ?

– Les vacances.

– Ah, touriste ! Première fois ? il ajouta, méfiant.

Gabriel le rassura : il n'était pas de ceux qui, émoustillés par les zoos totalitaires, s'encartèrent aux grotesques Amitiés franco-albanaises pour s'offrir la visite téléguidée du paradis hodjien et, de retour en France, s'extasier sur ce walhalla terrestre, cautionnant ainsi l'abyssale abjection d'un régime sanguinaire. Agron prit chaleureusement la main de Gabriel. Il l'entraîna au White House, un café planté dans un jardin situé en bordure de la place désertée, face à la statue équestre de Skanderbeg, au crâne surmonté d'un casque ailé, la bouche ornée d'une moustache à la Gauloise, le menton prolongé par une barbichette en pointe. Le héros national qui, au quinzième siècle, leva ses troupes pour résister à l'occupation ottomane, avait des allures de Vercingétorix.

## 12 - Birra

Maintenant qu'il était assis face à lui, Gabriel put mieux voir le visage du chauffeur. La cinquantaine joviale, de petits yeux malicieux, un front bombé au sommet duquel les cheveux se raréfiaient. Au revers de sa veste en Skaï, un pin's de Jean-Claude Bourret était épinglé. Il se marra intérieurement. Le chantre ufologue du GIGN pourrait toujours entamer une nouvelle carrière en Albanie.

– C'est un touriste français qui me l'a donné, expliqua Agron. Il est très connu chez toi, non ?

– Oui, c'est un grand comique.

Le serveur apporta les deux bières commandées et Gabriel goûta à la production locale, dépourvue de marque, sobrement appelée Birra ce qui ôtait toute espèce d'ambiguïté. Pas mauvaise, se laisse boire, s'apprivoise facilement, assez proche de la Tsing-Tao, il diagnostiqua. Toutefois, pas de quoi en faire un haïku.

– Tu restes longtemps, Guy ?

Le Poulpe, pas encore habitué à cette nouvelle identité, prit quelques secondes pour répondre.

– Je ne sais pas exactement, quelques jours.

Agron s'étonna de la brièveté du séjour.

– C'est pas beaucoup, t'auras pas le temps de rien voir.

Il espérait bien que si et que, de surcroît, il en ferait voir à ceux qui étaient à l'origine de la mort de Drita. L'Albanais leva une paire de doigts à l'attention du serveur qui rapporta deux autres bières accompagnées de deux petits verres de raki. Cette fois il trinqua avec Gabriel, la première tournée étant apparemment une pure formalité, une mise en jambes.

– *Gëzuar* ! Prosit ! Tchin-tchin !

Maintenant les choses sérieuses pouvaient commencer. Gabriel lui demanda s'il connaissait des Nerguti à Tirana. Le visage d'Agron s'assombrit et il dodelina tristement.

– Il y a plusieurs Nerguti ici. Une a soigné mon fils plusieurs fois. Très gentille. A fait beaucoup de bien à l'hôpital.

– A fait ?

– Oui. Elle est morte maintenant, dans ton pays.

Il rappela le serveur, lui parla en albanais et celui-ci revint avec un exemplaire de la *Gazeta Shqiptare* aussi froissé que *Le Parisien* du Pied de Porc à la Sainte-Scolasse. Agron déplia le quotidien à la page médiane et pointa son index sur l'article annonçant la mort de Drita. Il était aussi concis que son équivalent français. À gauche du titre figurait une photo de la victime. Pour la première fois, Gabriel découvrait le visage de celle qui l'avait involontairement conduit ici. Un visage ovale aux traits symétriques percé par des yeux aussi noirs que la chevelure qui l'encadrait en de longues mèches tombant sur les épaules. N'eût été la présence d'un petit nez retroussé, comme pour démentir la gravité du portrait, on aurait pu penser qu'en fixant l'objectif Drita voyait déjà sa propre mort en face.

– Ils disent, poursuivit Agron, qu'elle a été tuée avec un couteau par un hooligan. On sait pas qui sait, on sait pas pourquoi. Pourquoi tu t'intéresses à mademoiselle Drita ?

– Elle a été assassinée près de l'endroit où j'habite en ce moment.

Agron avala son raki d'un trait et soupira.

– Pauvre Drita. Les docteurs c'est pas normal que ça meurt comme ça, si vite.

Il proposa une troisième tournée que Gabriel refusa. Le Français prit un billet de dix dollars dans la poche de son blouson et le déposa sur la table.

– Tu as pas l'argent albanais ? Attends, je vais changer pour toi.

Gabriel lui remit sans hésiter les cinq cents dollars qu'il avait changés à Rome, à la faveur du transit.

Le meilleur moyen pour cimenter la confiance était de la donner d'emblée. Agron fourra l'argent dans la poche de son pantalon tire-bouchonné et disparut. Gabriel reprit le journal et examina la photographie. Drita avait un visage maintenant, ainsi qu'un univers réel, concret. Il l'imagina en blouse blanche, stéthoscope en sautoir, déambuler dans les couloirs de l'hôpital, tapotant le crâne des enfants alités, rassurant les adultes d'un air serein mais déterminé. Pris en flagrant délit de sentimentalisme dégoulinant, Gabriel se ressaisit. Il n'allait pas se vautrer dans l'eau de rose mais, que voulez-vous, le Poulpe a toujours détesté que l'on mette les filles sur le trottoir. Alors une morte, en plus…

Agron revint et déposa sur la table une liasse de leks enveloppée dans du papier kraft.

– Voilà, j'ai changé au black market. Le meilleur endroit c'est devant la Banque Nationale, à l'autre côté de la place.

Gabriel éclata de rire.

– Moque pas ! C'est plus sûr que la banque et les cours officiels il sont copiés sur ceux du black market… Tu dors au Dajti ?

– Euh…

– Tu viens en Albanie et tu connais pas ton hôtel… Tu vois, Guy, toi me plais beaucoup. Tu n'es pas touriste, hein ?

Il répondit par une moue évasive.

– Tu n'es pas touriste. Tu n'es pas pour le business non plus. Alors, tu es là pour quoi ?

Le Poulpe appuya son doigt sur la tronche en acier de Jean-Claude Bourret.

– Je collectionne les pin's. Mettons.

Pas dupe, Agron lui décocha un clin d'œil goguenard.

– Tu as ton secret, d'accord. Ici, en Albanie, on respecte les secrets. Nous-mêmes, on en a beaucoup. Et certains ils pèsent si lourds qu'il faudrait plusieurs vies pour les supporter.

Sûr, songea Gabriel, des tas de secrets, des tas de secrets d'État. Il se renseigna sur l'emplacement de l'hôpital, l'hôpital numéro 6 précisa Agron, et le trajet pour s'y rendre.

– Si déjà tu es malade, je peux te conduire là-bas…

Il déclina la proposition, préférant y aller en solitaire afin d'expérimenter la ville, prendre des repères, poser des jalons, coller quelques ventouses çà et là. Agron nota son téléphone sur un coin du journal qu'il déchira pour le donner à Gabriel.

– Tiens, si tu as besoin d'un chauffeur.

Il le remercia et hocha la tête de bas en haut.

– Tu veux pas ? s'étonna le taxi.

– Mais si, pourquoi ?

– Tu as fait non avec la tête.

– Non, j'ai fait oui.

– Oui, tu as fait non. « Oui », c'est comme ça.

Agron hocha à son tour, de droite à gauche. Dorénavant, le Poulpe penserait à inverser les codes céphaliques en matière d'affirmation-dénégation.

## 13 - Turista

Il suivit les instructions à la lettre, contourna la place Skanderbeg, passa devant la petite mosquée Et'Hem Bey, traversa le vieux quartier central, l'un des seuls qui avaient résisté à la démolition de la ville planifiée par le régime au lendemain de la guerre pour la reconstruire selon le schéma primaire qu'affectionnent les dictateurs : boulevards tirés au cordeau, rues parfaitement perpendiculaires, quadrillage d'avenues aussi régulier qu'une grille de mots croisés. Plus pratique que des ruelles entrelacées pour les mouvements de troupes. Plus efficace pour surveiller la population. Les désirs urbains des despotes prennent souvent forme en somnolant dans des lits au carré.

Gabriel franchit la porte de l'hôpital, se dirigea vers la réception et demanda à voir un médecin, prétextant nausées et dérèglement gastrique, anticipant de vingt-quatre heures la grandiose turista qui allait vider ses boyaux. L'hôtesse ne parlant ni le français, ni l'anglais, il se débrouilla pour lui expliquer tout ça en italien de cuisine accompagné de grands gestes explicites. Si l'une de ses relations parisiennes avait surpris le Poulpe à ce moment-là, ses bras démesurés compressant son bas-ventre, le bassin chaloupant au rythme de ses borborygmes transalpins, elle aurait, soit téléphoné aux urgences psychiatriques, soit convoqué dare-dare l'impresario de Pina Bausch. Son numéro improvisé produisit l'effet escompté. On le conduisit au premier étage et, cinq minutes plus tard, un médecin d'une soixantaine d'années lui palpa l'abdomen comme Gabriel le fit au chien loucheur. L'homme à la chevelure grisonnante ne trouva pas de doigt dans le ventre du Poulpe mais la pression de ses mains agaça les soixante-dix centilitres de Birra qui se réveillèrent, provoquant chez le malade imaginaire l'émission d'un pet tonitruant, vent violent à qui l'on aurait donné la note maximum dans un concours spécialisé. Le médecin, plein de tact, feignit d'ignorer l'incongruité et prescrivit un antidyspepsique. Tandis qu'il rédigeait l'ordonnance, Gabriel lut son nom sur le badge de carton épinglé sur la poche pectorale de sa blouse. Docteur Theodore Furxhi.

– Deux comprimés avant chaque repas pendant une semaine, émit-il dans un français impeccable assaisonné d'une pointe d'accent méridional : il avait suivi ses études à Montpellier comme plusieurs de ses congénères, ainsi qu'Enver Hodja.

Confidence pour confidence, Gabriel lui avoua qu'il se portait comme un charme et que le but de sa visite concernait Drita Nerguti. La pointe du stylo bille dérapa à l'énoncé du nom. Theodore Furxhi releva la tête et dévisagea l'imposteur. Aussitôt, il devint moins affable.

– Que lui voulez-vous à Drita ? Elle a été assassinée à Paris par l'un de vos compatriotes.

– Non. Par un Albanais.

– Vous dites n'importe quoi ! s'insurgea-t-il.

Furxhi se leva brutalement et rangea le stylo dans sa poche. Il dut s'y reprendre à deux fois pour dominer le tremblement de sa main.

– Calmez-vous monsieur Furxhi…

– « Furdji »... On prononce « Furdji ».

– ...Je cherche simplement à comprendre la raison de ce crime. Je pense que Drita a découvert quelque chose ici.

– Vous voulez insinuer : à l'hôpital ?

– Je n'en sais rien. Peut-être. Peut-être pas. Mais elle a mis le nez dans une affaire pas nette. Qui lui a coûté la vie.

Le médecin haussa les épaules, consulta son bracelet-montre, irrité.

– Drita était une personne sérieuse, un très bon médecin. Je la connais depuis six ans, j'étais son professeur à l'université. Je peux vous certifier qu'elle n'a mis son nez nulle part. Sauf dans le dossier de ses malades. Comme je vais le faire moi-même. Tout de suite. Au revoir. *Miro pavshim.*

Le Poulpe le retint par l'avant-bras alors qu'il s'apprêtait à abaisser la poignée de la porte du cabinet.

– Vous ne me comprenez pas bien monsieur *Furdji*. Je ne suis pas venu dans votre pays pour qu'on me cuisine de la langue de bois, ça laisse des échardes au fond de la gorge. Votre collègue est morte dans des conditions épouvantables. Plusieurs coups de couteau dans le ventre. On lui a même coupé la langue. Vous ne voulez pas savoir pourquoi ? À moins que vous le sachiez déjà...

Furxhi se tétanisa.

– Vous ignoriez ce détail ?

Gabriel marqua une pause. Puis reprit, cinglant.

– Expliquez-moi pourquoi Drita a subi ces sévices atroces, pourquoi une élève brillante, un médecin plein d'avenir quitte subitement son pays pour se rendre en urgence à Paris. Pour le simple plaisir de se faire assassiner ?

– Elle m'avait demandé un congé d'une semaine, il bredouilla. Je lui ai accordé. Elle avait enchaîné beaucoup trop de nuits de garde ces derniers mois. Elle méritait bien un peu de repos.

– Une âme charitable lui a offert l'éternité. On ne donne pas un tel cadeau sans raison valable. Alors, vous n'avez pas une petite idée ?

Le médecin le toisa, lèvres scellées. Gabriel supputa qu'il n'en tirerait rien de plus.

– Vous avez bu trop de bière, lança Furxhi. Ça brouille les idées.

– Si les vôtres s'éclaircissent, vous pouvez me joindre au Dajti. Guy Olt. O-L-T, comme l'affluent du Danube. Je vous dois combien pour la consultation ?

– Rien. Monsieur Olt, vous êtes de la police ?

– D'après vous ?

– Je ne crois pas. Vous êtes pire que ça. Visqueux, menteur, dangereux. Comme les gens de la Sigurimi, la police politique qui a sévi sous la dictature : soupçonnant tout le monde, surveillant les faits et gestes de chacun, poussant les fils à dénoncer leurs pères, fabriquant des criminels, s'infiltrant partout, envoyant des milliers d'innocents en prison et dans les camps, liquidant les autres. Vous êtes arrogant, détestable, trop sûr de vous. De quel droit dois-je subir un interrogatoire ? Qu'est-ce qui vous autorise à me faire perdre mon temps ? Gardez vos questions sournoises, vos déductions stupides. Si vous comptiez m'extorquer je ne sais quel aveu, désolé, cette époque est révolue. Vous auriez fait des merveilles sous Enver Hodja, monsieur Olt.

Le Poulpe accusa le coup. C'était la première fois qu'on le rangeait de l'autre côté, dans le camp d'en face. La colère glacée de Furxhi lui fit l'effet d'une douche froide. Elle prouvait aussi bien qu'il savait tout ou qu'il ne savait rien. Ou qu'il ne voulait rien savoir. Gabriel quitta le cabinet médical un goût amer dans la bouche, une pointe d'acidité au creux de l'estomac. La femme de l'accueil à qui il avait prodigué son numéro le salua de la tête et lui trouva une petite mine par rapport à tout à l'heure. Une vingtaine de patients attendaient dans le hall. Parmi eux, une vieille paysanne en costume traditionnel grignotait des graines de tournesol. Près de la porte, une infirmière remit une petite valise de toile à un jeune fille puis noua ses bras autour de ses épaules et l'embrassa sur les deux joues. La jeune fille passa devant Gabriel pour sortir. Il croisa son regard et le Poulpe s'immobilisa, médusé. Elle poussa la porte vitrée et descendit les marches du perron. Hormis la longueur des cheveux, plus courts de dix centimètres, c'était le portrait craché de Drita Nerguti.

## 14 - Mimosa et Travolta

Elle marcha jusqu'à un gros vélo noir attaché à la grille d'une maison proche à la façade lézardée. Elle libéra l'antivol, deux maillons d'acier encastrés l'un dans l'autre comme un casse-tête chinois, et fixa la valise sur le porte-bagages à l'aide d'une ficelle. Au moment où elle allait enfourcher la lourde bicyclette maoïste, Gabriel l'aborda en douceur. En quelques phrases bien senties où la sincérité le disputait à l'urgence pour solliciter une discussion, il la convainquit de l'honnêteté de ses intentions.

Dix minutes plus tard, ils marchaient côte à côte en direction du Dajti. Ils descendirent une large avenue bordée de jardins où chaque centimètre de pelouse était occupé par des cafés, cubes de verre aux armatures d'acier posés sur des dalles de béton. L'America, le Las Vegas, le Beautiful, le Hollywood. Îlots de terre promise, de fantasmes mûris pendant des décennies, construits à la hâte dans un désordre joyeux. Revanche ostentatoire sur le régime antérieur qui mit tout le monde à la diète, au secret, à la peur. Des musiques assourdissantes explosaient des estaminets, se mélangeant les unes aux autres au mépris des lois les plus élémentaires de l'harmonie. Les tubes disco des années 70 émergeaient de la réjouissante cacophonie. Dix-huit ans auparavant, alors que Travolta lubrifiait sa banane et enfilait son costard à paillettes, l'Albanie rompait avec la Chine pour se couper du monde. Ne plus rien entendre, ni voir. Pour Enver Hodja, Mao n'était qu'un «centriste à l'eau de rose»…

Gabriel sourit à la jeune fille. Son visage grave se dérida légèrement. Cette fois, plutôt que d'opérer à la machette il avait pris soin de choisir le plus effilé des scalpels. Mais ce ne fut pas nécessaire d'utiliser l'instrument. Lorsqu'elle apprit, devant l'hôpital, que cet escogriffe s'était spécialement déplacé de Paris pour élucider la mort de Drita, sa sœur aînée, elle ne manifesta pas la moindre réticence à l'accompagner. Comme le Poulpe, Mimosa, ainsi se prénommait-elle, ne croyait pas à la thèse du crime crapuleux. Elle confia à Gabriel que, depuis plusieurs semaines, Drita semblait anxieuse, d'une nervosité inhabituelle. Elle passait la majeure partie de ses nuits à l'hôpital et disparaissait la journée, ne s'octroyant que quelques heures de sommeil volées à l'après-midi. À plusieurs reprises elle emprunta la voiture d'un ami pour quitter Tirana. Jamais elle ne dit à Mimosa où elle allait. La veille de son départ pour Paris elle ne fut pas plus loquace. Elle se contenta d'embrasser sa sœur en lui ordonnant de rester discrète sur cette escapade. Mimosa insista pour l'accompagner à l'aéroport mais elle refusa.

Gabriel posa le vélo, qu'il poussait depuis l'hôpital, contre un pin et ils s'assirent dans l'herbe, non loin d'une énorme bâtisse aux allures de caserne qui terminait l'avenue : l'université où Drita fit ses études de médecine et où Mimosa passerait bientôt sa licence de français. Un Tzigane d'une dizaine d'années, le cristallin opacifié par une cataracte, s'approcha d'eux et tendit une paume luisante de crasse. Gabriel fouilla dans son blouson, elle posa la main sur son bras.

– Laisse.

Mimosa donna quelques leks au gamin qui s'en alla reproduire le même geste de survie un peu plus loin. Le Poulpe réfléchit puis décida de déballer à Mimosa tout ce qu'il savait. Du bout de doigt à la conversation sibylline surprise dans le bureau de Démoulières. À la mention de la phalange sectionnée, elle écarquilla les yeux d'effroi et pâlit.

– Ma sœur n'a pas pu couper le doigt à quelqu'un, c'est impossible ! elle s'exclama. C'est de la torture !

Gabriel envisageait les choses sous un autre angle. À force de secouer le problème dans tous les sens, une hypothèse commençait à germer. Surtout depuis sa non-conversation avec Furxhi.

– Rassure-toi, Drita n'a torturé personne. La personne à qui appartenait ce doigt n'a absolument pas souffert.

– Tu veux dire qu'elle l'a endormie pour faire ça ? C'est encore pire.

– Non. Il était sans doute déjà mort. Et probablement depuis peu de temps.

Il lui résuma les conclusions de Vlad, un doigt de septuagénaire fraîchement coupé et bien conservé. Mimosa blêmit de plus en plus. Dans son esprit fragilisé par la mort de sa sœur, Drita se muait en tronçonneuse de cadavre. Elle ficha ses yeux dans ceux de Gabriel, horrifiée.

– Calme-toi. Tu me dis que depuis des semaines elle partageait son temps entre l'hôpital et des virées hors de Tirana. Et que son attitude a changé. Ta sœur est tombée sur un truc énorme, Mimosa. Trop gros pour elle. Mais elle a voulu aller jusqu'au bout. En amputant le doigt, elle tenait une preuve concrète de ce qu'elle a découvert.

– Pourquoi elle n'en a parlé à personne ? Même pas à moi…

– Elle en a parlé justement. C'est l'erreur qu'elle a commise. Elle s'en est rendu compte trop tard. Dès qu'on a commencé à la menacer pour qu'elle garde le silence.

Il fit une pause, puis reprit :

– Ce médecin, Theodore Furxhi, tu le connais ? Il m'a paru plutôt bizarre, comme s'il avait quelque chose à cacher.

– Oh non. Le professeur est très gentil, il a beaucoup aidé Drita dans ses études. C'est lui-même qui a demandé qu'elle entre dans son service. Il est très honnête.

Gabriel, qui n'avait toujours pas digéré la diatribe du praticien, se lissa le menton, circonspect.

– Mouais…

– C'est quoi « mouais » ?

– C'est quand on ne sait plus trop quoi penser. Ce qui est sûr, c'est que Drita n'avait plus d'autre choix que de quitter l'Albanie. Pour assurer sa sécurité et mettre la phalange en lieu sûr. Où ? Je n'en sais rien. Malheureusement, elle a été trop naïve en se croyant à l'abri en France. Elle s'est jetée directement dans la gueule du loup. Rien de plus facile que de la faire suivre et de la liquider au bon moment. On en saura plus quand la phalange aura parlé. Et mon petit doigt me dit qu'elle a pas mal de choses à nous raconter.

– Grâce à l'empreinte ? fit Mimosa en tendant son index.

– Non. Elle est presque entièrement effacée.

– Grâce à quoi, alors ?

Gabriel souleva ses longs bras comme pour prendre son envol mais ce ne fut que pour avouer son ignorance. Il montra la valise de toile et s'enquit de son contenu.

– C'est les affaires de ma sœur, tout ce qu'elle avait laissé à l'hôpital.

Il fixa la valise placidement, considéra la fermeture Éclair cousue à son pourtour. Il lui parut improbable qu'elle contînt encore un indice quelconque, en admettant qu'elle en ait déjà contenu. Ceux qui avaient fait éliminer Drita s'étaient sans doute employés à rendre le bagage aussi insignifiant qu'une Tourtel. Aussi, une femme qui n'hésite pas à accumuler de tels risques n'aurait pas confié le fruit de sa découverte à une valise dépourvue de toute protection. Toutefois, ça ne coûtait rien de l'examiner. Mimosa proposa d'aller chez elle pour être plus tranquille.

Elle habitait dans l'un de ces *palati*, «palais», immeubles de quatre à six étages construits dans les années 60 qui pullulaient dans Tirana, remplaçant les maisons individuelles pour la plupart rasées. Boîtes à chaussures de béton, plus souvent de briques rouges que l'on ne prit pas la peine de recouvrir de crépi, ces bâtiments avaient l'apparence fragile d'assemblages de pièces de Lego. Sur les balcons, les habitants faisaient pousser de la vigne et la treille vivace recouvrait les façades, dégoulinait des fenêtres pour emprisonner les immeubles de ses ramifications coriaces. Gabriel eut l'impression que, si l'on dénouait ce corset végétal, les bâtiments s'écrouleraient. Comme tous les autres, le palati de Mimosa était une véritable forêt d'antennes paraboliques qui émergeaient des balcons à la manière d'une plantation verticale de champignons, les chapeaux blancs orientés vers l'infini pour capter les images du monde dont le pays avait si cruellement été privé.

Mimosa souleva son vélo, cala le dessous de la selle sur son épaule et convia Gabriel à la suivre dans la cage d'escalier.

– Si je le laisse dehors, il risque d'être volé.

Il proposa de la délester du deux-roues mais elle refusa net, presque sèche.

– J'ai l'habitude. Comment je fais tous les jours d'après toi ?

Au troisième étage, elle ouvrit une porte, accrocha le vélo à un clou fixé dans le mur de la minuscule entrée et invita Gabriel à s'asseoir sur un canapé fatigué qui occupait un bon quart du petit salon. L'endroit était propre, les murs blanchis à la chaux. À côté de la fenêtre, sur un étroit bureau, s'empilaient des classiques Larousse, des manuels de français et quelques livres de poche défraîchis dont une vieille édition de *Pierrot mon ami* où la grande roue du Luna-Park faisait péter ses couleurs sur la couverture. Mimosa s'éclipsa un instant et revint avec deux tasses de café posées sur un plateau de bois orné d'un aigle bicéphale pyrogravé, le symbole du pays.

– Café *shqiptare*, café albanais.

Gabriel but une gorgée du breuvage épais et commença à fouiller dans la valise de Drita. Comme il s'y attendait, elle ne révéla rien d'essentiel si ce n'est le penchant de la sœur aînée pour Charles Aznavour, une cassette de ses plus grands succès reposait au fond de la valise parmi une demi-douzaine de paires de chaussettes, un foulard, un stéthoscope, un paquet intact de mouchoirs en papier et… un petit carnet à spirale. Vierge naturellement. Aucune page ne semblait avoir été arrachée. Néanmoins il les compta scrupuleusement : le nombre inscrit sur la couverture correspondait bien à la quantité de feuilles désespérément blanches. Il termina l'inventaire et ajouta au legs de Drita : un sachet de graines de tournesol, une tablette de chewing-gums, deux bananes dans un état avancé de décomposition (la peau tigrée s'était muée en noirceur de panthère) et un antique classique Larousse, *Andromaque*. Il feuilleta le volume. Au début du cinquième acte, plusieurs mots étaient soulignés d'un double trait dans la tirade d'Hermione (*« Où suis-je ? Qu'ai-je fait ? Que dois-je faire encore ? »* autant de questions que le Poulpe aurait pu reprendre à son compte) et dans la marge, au stylo rouge, figuraient des inscriptions en albanais. Il tendit le livre à Mimosa.

– Qu'est-ce qu'il y a écrit, là ?

Elle se pencha sur la page et sourit.

– La traduction des mots difficiles que j'ai notée. On l'étudie à l'université. Tu sais que cette pièce se passe en Épire, c'est-à-dire dans l'Albanie du sud ?

Gabriel l'ignorait. Il soupira, referma le bouquin et l'abandonna sur le canapé. Racine ne lui serait d'aucun secours.

– Dis-moi, elle parlait français ta sœur ?

– Un tout petit peu. Parfois elle me demandait de lui expliquer des choses, alors je lui donnais des cours particuliers. De temps en temps, elle m'empruntait des livres.

Il termina son café, découragé. Le jour commençait à tomber, synchrone avec ses paupières qui s'alourdissaient : depuis plus de trente heures, il n'avait pas fermé l'œil. Il lutta vainement contre la fatigue. Mimosa s'en aperçut.

– Si tu veux te reposer, tu peux dormir chez Drita.

Il étouffa un bâillement, réticent à se taper une balade de plus dans la ville.

– C'est loin ?

– La porte sur ta gauche. On partageait l'appartement.

Il se leva, passa dans la chambre et s'écroula sur le lit où il dormit deux heures.

## 15 - Ejira

*« Cette nuit-là, elle ne trouva pas le repos. Ce n'était ni la faim, ni la chaleur qui l'empêchaient de dormir. Elle savait dorénavant, meurtrie par une lucidité exemplaire, ce qu'elle voulait. Aucun refuge possible dans une ambiguïté commode et trouble. Sa place était là-bas. »*

Absorbée par sa lecture, Cheryl faillit en oublier d'appuyer sur le bouton pour que le 61 s'immobilisât à l'arrêt Ledru-Rollin, au coin du faubourg Saint-Antoine devant le café du Palmier. Elle sauta du bus, avança à grandes enjambées sur le faubourg, l'esprit titillé par le paragraphe qu'elle venait de lire, pioché dans un petit livre oublié par une cliente sur la pile de *Marie-Claire*. Comme la narratrice du récit, cette nuit-là, la dernière, elle ne trouva pas le repos et, dorénavant, savait ce qu'elle voulait. Elle ne se sentait pas vraiment *meurtrie par une lucidité exemplaire*, n'exagérons rien, mais elle commençait à en avoir sa dose des je-vais-et-je-viens intempestifs de Gabriel Lecouvreur : plus aucun refuge n'était possible dans cette ambiguïté commode et trouble. Avant de ranger le livre dans son sac, elle regarda encore une fois la couverture. *Ejira*, le titre imprimé en lettres rouge sang, s'étalait au-dessus d'un dessin à la plume évoquant Timimoun. Et dessous, le nom de l'éditeur : *Le Temps Parallèle*. Exactement comme Gabriel et moi, elle rumina. Décidée à bouleverser le postulat euclidien afin que leurs vies parallèles se rejoignent plus souvent, Cheryl, dès le retour du Poulpe, entendait bien mettre les choses au point. Plus question d'enrober de mystères des « là-bas » nébuleux, ni de s'enfermer dans le mutisme qui précède chaque départ, sinon, terminés les mamours, fini le repos du guerrier. Cette fois, il y eut tout de même un léger mieux : Gabriel – parce qu'il était pressé par le temps, ne rêvons pas – daigna la mettre à contribution en lui confiant une double mission. Pour lui prouver ses compétences jusqu'alors sous-utilisées, elle se montrerait à la hauteur de sa tâche. Ainsi, se dit-elle, il l'associerait peut-être davantage à ses futurs agissements occultes.

Elle longea l'école communale de la rue Saint-Bernard où elle fit la connaissance de Lecouvreur, toujours au dernier rang sur les photos de classe, dépassant d'une tête et demie les autre marmots, obliqua dans la rue du Dahomey, pénétra dans un immeuble plutôt cossu pour le quartier et sonna à la porte du deuxième étage ornée d'une plaque de cuivre minutieusement astiquée. Docteur Alexis Bertherat, dermatologue. Lui aussi avait usé ses fonds de culotte sur les bancs de l'école proche.

Alexis la reçut, effervescent, entre deux impétigos.

– Cheryl, enfin quelqu'un de sain dans mes murs.

Il suspendit sa phrase, inquiet.

– J'espère que tu viens voir l'ami, pas le médecin.

– Les deux.

Elle sortit le tube de son sac et le posa sur le bureau.

– Gabriel veut que tu jettes un œil là-dedans.

– C'est quoi, un rouleau de photos suggestives ? fit-il, égrillard, en soupesant le tube Kodak.

– C'est ça. Hyper bandantes.

Le visage de Bertherat se déforma lorsqu'il fut à son tour confronté à la phalange qui se ratatinait de plus en plus.

– Putain, mais c'est dégueulasse ! D'où ça vient ?

Cheryl leva les épaules en signe d'ignorance. Le dermato prit le bout de doigt avec une pince et le plaça sous un binoculaire.

– La vache, ça schlingue un maximum. J'espère qu'il n'a pas commencé une collection, ton Poulpe.

Il colla l'œil à l'appareil et tourna la mollette de mise au point.

– Je ne sais pas où son propriétaire a traîné mais vu l'état actuel de la peau, c'est certainement pas dans un congrès de diététiciens.

Il se releva et ajouta :

– Tu diras à Gabriel que, pour en savoir plus, il faut le filer à un labo.

– Tu peux t'en charger ?

– Évidemment. On dîne ce soir ?

– T'auras les résultats quand ?

– Demain matin. Alors on dîne ? il insista, langoureux. Bon, j'ai compris, je peux me gratter, déduisit le dermatologue, face au silence de Cheryl.

– On déjeune. Demain, après les résultats.

– À tes risques et périls, il lui susurra dans le creux de l'oreille.

Cheryl travailla sans relâche jusqu'à la fermeture du salon et, cette fois, prit sa voiture pour aller roder du côté de l'avenue Rapp où habitait Charles Klee. Alors qu'elle démarrait, Gabriel se réveilla.

Il était encore embrumé quand il ouvrit les yeux, la moitié de son cerveau rafistolant les pièces éparses de son rêve, l'autre moitié tentant de lui rappeler où il se trouvait. Jodie Foster, en robe moulante bat les cartes à une table de saloon sous le regard méfiant de Mel Gibson. Une poignée de cow-boys avachis au bar sirotent du raki, non, du whisky. Mel examine son jeu, impassible. Full aux dix par les dames. Les visages des figures sont la réplique parfaite de Drita et de Mimosa. Servi. Jodie se contracte : elle n'a qu'une paire de neufs. 9 + 9 = 18. Les camions de Fernandel s'arrêtent devant le saloon, les chevaux hennissent à l'unisson : ce n'est qu'une diligence. Un type à la nuque épaisse balance un coup de latte dans les portes battantes et achète un paquet de cigarettes à une vendeuse rousse, un panier en osier calé sur son ventre, maintenu par une lanière de cuir passée autour de son cou à la manière des ouvreuses de cinéma. Un couteau jaillit d'on ne sait où. Il traverse la salle comme un missile. Jodie l'évite. Pas Drita. Ensuite la castagne. Des chaises qui volent et un avion qui atterrit dans les Balkans. Un chien qui louche. Un doigt en gros plan sur la détente d'une Winchester. Soixante-treize coups de feu. La porte disparaît au coin de la rue. Mimosa apparaît dans l'encadrement de la Porsche. Non, l'inverse.

– Tu as bien dormi ? Je t'ai entendu, tu as beaucoup remué et grogné aussi.

– Le film n'était pas terrible, dit le Poulpe en se levant.

Mimosa le questionna du regard.

– C'est rien, un mauvais rêve.

– Il vaut mieux un mauvais rêve qu'un bon cauchemar, philosopha-t-elle, fataliste.

Il panoramiqua dans la chambre à peine plus grande que le salon.

– Tu m'autorises à fouiller ?

Sans attendre l'acquiescement de Mimosa (pivotement de la tête de la droite vers la gauche), il ouvrit le tiroir de la table de nuit. Vide. Il n'eut pas plus de chance avec l'armoire qui ne contenait que des vêtements que Drita ne porterait plus jamais. Sous le meuble trop massif pour la pièce une paire de tennis dépassait. Toutes crottées, recouvertes d'une pellicule de boue sèche.

– C'est avec ça que ta sœur faisait ses voyages secrets à la campagne. Ça ne nous avance pas beaucoup.

Il remit les chaussures à leur place, passa en revue l'étroite bibliothèque, secoua chacun des livres dans l'espoir qu'une feuille révélatrice en tomberait – tu parles –, glissa sa main dans l'espace séparant les étagères du mur : nib de nib. C'est pas possible qu'elle n'ait pas planqué quelque chose quelque part, ronchonna Gabriel.

– Les dossiers de ses malades, elle ne les amenait jamais ici ?

– Non. Elle les laissait à l'hôpital. C'est normal.

Il se gratta l'occiput. Si au moins il parvenait à mettre la main sur le dossier concernant le propriétaire de la phalange, il aurait déjà –en attendant le verdict de Bertherat– un début d'explication. À condition qu'il ne soit pas trop optimiste dans ses supputations : que Drita elle-même ait eu cet homme comme patient ou qu'elle ait été confrontée à lui d'une manière ou d'une autre. Ce qui, pour l'instant, relevait de la supposition pure.

– J'ai absolument besoin de ces dossiers. Tu peux aller les chercher ? Discrètement bien sûr...

– Tout de suite ?

– Oui. De mon côté, je vais aller faire un tour au Dajti.

Mimosa se rembrunit.

– Tu veux prendre une chambre là-bas ? C'est très cher. Enfin, si ça ne te plaît pas ici...

– Je suis très bien ici. Je dois vérifier un truc, c'est tout. On se retrouve au Dajti dans une heure, d'accord ?

– D'accord. *S'ka problem.* Pas de problème.

– Sois prudente.

## 16 - Sparadrap

Tiranoises et Tiranois avaient envahi les rues afin de profiter de la fraîcheur, se retrouver pour papoter, jouer aux dominos ou au trictrac dans les jardins et à la terrasse des cafés. Tous les soirs, la *shëtitja*, promenade vespérale, vidait la plupart des appartements pour redonner à la ville une ambiance chaleureuse, désordonnée, où les plus âgés savouraient ce que le régime communiste leur avait interdit pendant près de cinq décennies : le droit à la déambulation libre. Pendant toutes ces années-là, les soirées de Tirana étaient sous haute surveillance policière, verrouillées par un couvre-feu qui n'osait pas dire son nom.

Gabriel se faufila dans la foule, se laissa dériver jusqu'à la grande place, tarabusté par ce rêve étrange. Pourquoi s'était-il mis à rêver à ce médiocre western, un film que Cheryl l'avait obligé à se farcir car elle avait un faible pour Mel Gibson, et dont le titre lui restait obstinément collé sur le bout de la langue ?

Sur la longue avenue qui relie la place Skanderbeg à l'université – les Albanais préfèrent l'appeler «Champs-Élysées» plutôt que «boulevard des Martyrs» – de multiples étals proposaient aux promeneurs de quoi boire, fumer et grignoter. Gabriel acheta un paquet de Karelia, après avoir hésité entre des Parisienne et des DS, à un vendeur manchot, vêtu d'une redingote rapiécée, un calot posé de guingois sur le crâne tel un soldat de 14-18 échappé d'une BD de Tardi. À une centaine de mètres, la silhouette massive du Djati, vaste hôtel construit par les Italiens dans les années 30, s'imposait avec son néon en cursives se détachant sur le ciel bleu nuit.

Il traversa la chaussée encombrée de vélos, reluqua au passage l'étalage d'un vendeur de journaux. Parmi les quotidiens locaux, il nota la présence de canards érotico-pornos bricolés en piratant les photos de *Penthouse*, et parvint à l'entrée de l'hôtel. D'un seul coup, tout se mit en place. Il retrouva le nom du film. *Maverick*. Il comprit pourquoi ce western poussif avait refait surface dans son rêve : pour le mettre sur la piste du type de l'aéroport. Il savait dorénavant où il l'avait aperçu pour la première fois, fugitivement, de trois quarts dos, par la fenêtre d'une voiture garée en double file devant TransFret et dans laquelle l'hôtesse à la poitrine russmeyerienne était montée. Un 4X4 Ford Maverick...

Grâce à son acceptable connaissance de l'anglais, peaufinée par de longues heures passées à écouter Lou Reed, Randy Newman et Shirley Horn, il put traduire le mot. Veau non marqué. Par extension : le mec en marge, le franc-tireur qui travaille en solo. Mon portrait tout craché, rumina Gabriel. Un cadeau involontaire de Démoulières. De toute évidence, l'homme était là pour préparer la livraison du 18 : un éclaireur, une tête de pont. Et, à supposer qu'il ait été mis au courant de la visite du Poulpe chez TransFret, il ne pouvait se douter que ce dernier était également sur place. De plus, et Gabriel conclut là-dessus, il ne me connaît pas, tandis que moi...

Il inséra son corps entre deux pales de la porte tambour qui l'éjecta un demi-tour plus tard dans le hall de l'hôtel où circulaient des hommes d'affaires accompagnés d'interprètes albanais, des Suédois en bermudas du Fonds Monétaire International venus vérifier que les clopinettes allouées au pays étaient utilisées à bon escient, des ingénieurs italiens qui avaient remporté le marché de la réfection des canalisations défectueuses de la ville. Peu de femmes.

Il planta ses coudes osseux sur le comptoir de la réception et demanda la chambre de monsieur Arthur Keelt. L'employé consulta une liste sommaire, puis, le nom n'y figurant pas et pour cause, sortit un gros registre d'un placard mural jouxtant le tableau des clés. Il lécha son index, feuilleta avec virtuosité le volume et le referma d'un geste définitif.

– Ce monsieur n'est pas inscrit. Vous êtes sûr qu'il est descendu ici ?

– Non. Merci.

L'employé remisa le registre à sa place initiale, entre d'autres volumes similaires. Après avoir ainsi localisé l'emplacement de la mémoire de l'hôtel, Gabriel se dirigea vers le bar-restaurant, une grande salle plus propice aux meetings qu'aux rendez-vous intimes, s'assit dans l'un des multiples fauteuils de cuir marron si courts sur pattes que ses genoux arrivaient à hauteur de ses yeux et lorgna partout. Mimosa n'était pas encore arrivée. Il commanda une Birra à un serveur en veste rouge.

– No Birra here. Heineken, Tuborg, Kronenbourg, Stella, Carlsberg, Guiness…

– Heineken, il trancha pour interrompre la litanie.

Il alluma une Karelia, le regard fixé sur la porte d'entrée. À dix heures passées, toujours pas de Mimosa. Les mégots des blondes âcres débordaient du cendrier. Il commençait à s'inquiéter sérieusement et se reprocha d'avoir agi à la légère. Jamais il n'aurait dû envoyer la jeune Albanaise à l'hôpital, toute seule. Perdu dans ces sombres pensées, il ne vit pas tout de suite le blond frisé qui venait d'entrer dans la salle. Il avait troqué son tee-shirt Droopy pour une tenue plus appropriée : veste de lin canari, jean vert, Converse rouges. L'homme à la Maverick et à la nuque épaisse, supposa Gabriel lorsqu'il le repéra enfin, a été enfanté dans la couleur. Il se jucha sur un vertigineux tabouret du bar et, d'office, la barmaid lui servit un double J&B sans qu'il ait eu besoin d'ouvrir la bouche. Un habitué. Le Poulpe se leva, pas tellement surpris que le sbire de Démoulières n'en soit pas à son premier voyage albanais. Il prit place à trois tabourets de lui et l'observa en douce. La face nord s'accordait avec la face sud : lèvres épaisses comme des blinis sandwichant une langue rose saumon, front tassé, sourcils touffus et broussailleux. Il s'envoya le whisky en deux longues lampées et, aussi sec, la barmaid lui remit ça, sourire en prime. Elle lui présenta la note qu'il signa en faisant tournoyer les glaçons dans son verre. Chambre 14.

Le couloir du premier étage semblait avoir été conçu pour y disputer le cinquante mètres. Des lustres de forme oblongue pendus au plafond dispensaient une lumière jaunâtre. Gabriel ramona la serrure avec le tire-bouchon de son couteau suisse, titilla la clenche et s'introduisit dans la chambre. Compte tenu de la rapidité avec laquelle Droopy-Maverick éclusait ses whiskies, il était préférable de ne pas s'éterniser. Au fond du cabin-bag, sous une collection de slips et de chaussettes multicolores, une chemise cartonnée décorée du logo de Trans-Fret, un poids lourd écrasant de son train de pneus une carte stylisée de l'Europe, contenait une vingtaine de feuilles dactylographiées maintenues ensemble par un trombone triangulaire. Des documents rédigés en anglais, émanant du ministère des Transports et visés par le service des douanes, qui autorisaient l'entrée sur le territoire albanais de vingt conteneurs d'une tonne chacun remplis de produits pharmaceutiques et de fournitures paramédicales. Suivait la liste exhaustive du chargement dont l'arrivée au port de Durrës était toujours prévue pour le 18. Dans trois jours. Gabriel parcourut la liste. Antibiotiques divers, antitétaniques, antipaludéens, sérums antidiphtériques, teinture d'iode, alcool à 90°, etc. ; plus une cargaison de bandes velpeau, des kilomètres de sparadrap et même soixante kilos de préservatifs. Le tout affrété par Hippocrate, association à but humanitaire, régie par la loi de 1901. Le tandem Fernandel-Bébé à Bord se décarcassant pour la santé locale ? Si vous pensez que je vais avaler ça, vous vous le foutez dans l'œil, le doigt.

Le Poulpe rangea le dossier sous les sous-vêtements de Maverick et referma le cabin-bag. Dans la poche intérieure d'une veste magenta accrochée à une patère, il trouva le passeport de Maverick, de son vrai nom Philibert Barossa, né le 29 février 1972 à Nibelle, dans le Loiret. Un bissextile. Heureusement que des comme ça, on n'en pond que tous les quatre ans, ironisa Gabriel. Il feuilleta le sauf-conduit et compta pas moins de douze visas albanais délivrés depuis deux ans. Douze visas, douze livraisons, soit deux-cent quarante tonnes de médicaments. De quoi en soigner des bobos. Le Poulpe ignorait que l'Albanie fût à ce point médicalisée…

L'examen de la salle de bains ne lui apprit rien d'essentiel si ce n'est que le dénommé Barossa Philibert se parfumait aux effluves Johnny Hallyday et qu'il affectionnait le dentifrice à la cannelle. Et qu'il avait planqué son flingue, un Beretta, dans le réservoir des chiottes, protégé par une boîte de plastique étanche que l'on utilise pour les photos sous-marines. Il s'était certainement procuré l'arme sur place, déduisit Gabriel. Trop risqué de voyager avec en avion. C'est d'ailleurs ce qui l'avait dissuadé de demander à Pedro, en plus du passeport, un solide argument du même type. Qu'à cela ne tienne, il sortit le Beretta de son écrin à l'épreuve des fonds marins, le coinça dans sa ceinture, au bas du dos, et mit les deux boîtes de balles offertes en prime dans la poche gauche de son blouson. Merci Maverick. *Faleminderit.*

Il quitta la chambre, lesté par le flingue, plutôt satisfait. Ce surplus d'acier inattendu et bienvenu lui donna des ailes.

Au milieu du couloir, il le vit. Ils se virent. Se dévisagèrent. Barossa, légèrement titubant, se ressaisit. Tel un Ben Johnson indoor dopé par les doubles whiskies, il se propulsa tête en avant sur le Poulpe qui reçut son crâne soutenu par une nuque de bélier en plein dans le plexus. Gabriel perdit l'équilibre, le souffle coupé, et s'aplatit sur le sol. Il sentit la cannelle se vaporiser en une pluie de postillons maltés sur ses joues lorsque le sbire de Trans-Fret éructa un «enculé d'Albanais de merde, je vais te trouer ta gueule de fouineur, sale sous-dev !» Un énorme poing surgit aussitôt à la face du Poulpe. Des doigts pleins d'os durs et saillants parcourus de veines bleutées. Un poing américain naturel fourni à la naissance qui s'actionna illico pour effectuer la promesse émise. Crac. Les phalanges s'écrasèrent sur la moquette à l'épaisseur chiche, masquant un impitoyable coulis de béton. Ouille. De justesse, Gabriel avait pu se décaler d'une dizaine de centimètres. Il se releva instantanément pendant que l'autre tentait de calmer sa douleur en susurrant à ses doigts des mots doux, une sympathique ode analgésique, en fixant, hébété, le tapis trompeur. Putain, oh putain, saloperie de merde d'enculés de métèques. Etc. Le Poulpe balança sa jambe droite et shoota de toutes ses forces dans la nuque épaisse. Maverick interrompit sa poésie, chuinta et s'affala sur la moquette, à plat ventre, la tête dévissée. S'il avait gardé tous ses esprits, il aurait pu sans changer de position contempler les lustres du plafond. La scène n'avait duré qu'une poignée de secondes.

Dans les toilettes situées à l'extrémité du couloir, Gabriel s'humecta le visage pour anéantir les exhalaisons de cannelle et retrouver la sérénité. Il dévala l'escalier, retraversa le hall et jaillit dans le bar-restaurant. Mimosa était là, les mains vides.

– J'ai rien trouvé.

– Moi si. Viens, on s'en va.

Autour de la réception, on s'agitait ferme. Une femme de chambre hystérique, le bras levé vers le premier étage, relatait sa découverte à l'employé. Celui-ci abandonna son poste et gravit l'escalier quatre à quatre. Gabriel se faufila derrière le comptoir et compulsa les registres qui remontaient jusqu'aux deux années précédentes. Le nom de Démoulières y apparaissait plusieurs fois, régulièrement. Les dates de ses séjours correspondaient à celles des visas de Barossa. Il rejoignit Mimosa près de la porte.

– Qu'est-ce que tu faisais ? Pourquoi ils sont tous énervés ? Qu'est-ce qui se passe ? Tu as eu un problème ?

Beaucoup trop de questions à la fois. Il la prit par la taille et ils s'insinuèrent dans la porte tambour qui les recracha sur les Champs-Élysées.

## 17 - B.A.-ba

– Après tout, c'est peut-être la vérité, l'Albanie manque de médicaments, suggéra Mimosa en découpant des rondelles de tomates.

Gabriel ne se trompa pas cette fois. Il hocha la tête lentement, de bas en haut, pour exprimer son désaccord.

– Non Mimosa, c'est impossible. Drita suivie jusqu'à Paris et se faisant tuer parce qu'elle a découvert que de charmants Français livrent à répétition des stocks de médicaments à un pays en convalescence... Tu ne peux pas croire une énormité pareille !

Elle abandonna les tomates et lâcha dans la poêle nappée d'huile bouillante de grosses tranches de *kachkaval*, un fromage dense au lait de brebis. Les grésillements couvrirent presque la voix de la jeune cuisinière.

– Alors, c'est un trafic qu'elle a découvert. Des Français qui s'arrangent avec la mafia d'ici pour vendre les produits.

– Tu connais beaucoup de trafiquants qui ont un dossier complètement en règle avec tous les papiers administratifs du ministère et de la douane ?

Il ne manquait pas un suppositoire dans la liste ! Je n'ai jamais vu un truc ficelé aussi réglo. Trop ficelé. Trop réglo.

– C'est quoi « réglo » ?

Il le lui expliqua en dégustant le fromage cuit, uniformément bronzé par son passage sur le feu, avalant toutes les cinq bouchées des rondelles de tomates pour en atténuer le goût trop salé. Il lui rappela la scène qu'il avait écoutée dans le bureau de TransFret, toute en non-dit, en allusions dissimulées sous le voile de la conspiration. Mimosa fit la moue, une chorégraphie de lèvres toujours aussi émouvante dans sa lenteur à les afficher en proue puis les laisser immobiles de longues secondes avant de les rétracter, légèrement humides.

– Tu sais, les Albanais sont habitués à la conspiration. Sous Enver, tout le monde se sentait comme un traître ou un conspirateur parce qu'on savait que n'importe qui pouvait nous dénoncer pour n'importe quoi. Moi j'étais petite mais je sentais que les gens avaient peur. Et j'avais peur aussi. Tout le temps je pouvais devenir une conspiratrice, une révisionniste, un traître à la patrie. Même enfant tu étais dangereuse. Parce que tu vivais et parce que tu allais grandir. Parce que tes parents pouvaient être arrêtés un jour ou l'autre. Alors, toute la famille devenait complice d'un crime inventé lors des semblants de procès. Toi tu es Français, tu ne peux pas comprendre ça. Tu me parles de conspiration dans ce bureau près de Paris, mais tu as peut-être mal compris, ou imaginé… Qu'est-ce que tu connais de la vraie conspiration ? Ce n'est pas possible chez toi, vous êtes libres depuis longtemps.

Il termina le plat en silence, ému par le témoignage de Mimosa. Ce cri du cœur était, dix-huit ans après, la réponse au laïus proféré par le blondinet teigneux dans ce bistrot près de Jussieu. Gabriel fit un rapide calcul : quand ce petit con déblatérait, Mimosa ne devait pas avoir plus de quatre ans. Et, cruauté de l'Histoire, ce n'est pas sous la dictature que Drita avait trouvé la mort selon des méthodes que les communistes pervertis n'auraient pas reniées, mais alors que le pays prenait des cours accélérés de démocratie. Décidément, quarante années d'Hodja ont contraint les Albanais à tout faire à l'Enver.

– Tu n'es pas d'accord ? insista Mimosa.

– J'aimerais que tu aies raison, répondit Gabriel sans relever la touchante naïveté qui concluait la fin de son discours, mais ce n'est pas le cas. Ces types vont livrer leurs merdes une fois de plus et à chaque fois, j'imagine qu'ils font passer ces saloperies pour des médicaments. Et j'ai pas l'impression qu'ici les pharmacies soient spécialement surchargées. Qu'il y ait trafic, ça crève les yeux. Mais de quoi ?

Elle remplaça la Birra vide par une pleine, devant l'assiette du Poulpe. Il poursuivit sa réflexion en silence. Généralement, les trafiquants importent afin de satisfaire les besoins occidentaux (drogue, armes, filles, etc.) ils n'exportent pas.

– En tous cas, reprit-il, c'est un truc merdique, dégueulasse… Tu comprends « dégueulasse » ?

Elle sourit, rougissante.

– Oui oui. Dégueulasse, saloperie, merdique, tout ça je connais.

– Dis donc, il est pas coincé ton prof à l'université.

– Oh non, c'est pas lui. Le professeur Kumbaro est très strict, c'est Benoît qui m'a appris tout ça.

Gabriel reposa la bière tiède.

– C'est qui ce Benoît ?

– Un attaché culturel à ton ambassade. Il a travaillé trois ans ici. En plus, il donnait des cours supplémentaires pour les étudiants. Il a même organisé une petite bibliothèque avec plein de livres et il nous passait des films avec la vidéo. J'y allais souvent, maintenant j'y vais moins. Son remplaçant n'est pas aussi gentil. On dirait que pour lui c'est une punition d'être en Albanie. Il est comme un fantôme.

Sans avoir à se lever, le Poulpe tendit le bras vers le bureau de Mimosa et attrapa *Andromaque*. Il n'eut pas besoin de compulser longtemps le livre pour déceler ce qui lui avait échappé la première fois : un petit tampon «Centre culturel français» estampillant la préface, où il apprit en sus que le rôle d'Hermione a été joué au dix-huitième siècle par la célèbre tragédienne Adrienne Lecouvreur. Une ancêtre ?

Bien sûr, il était tout à fait naturel que le bouquin provenant de cet organisme en portât le cachet. Ce qui l'était moins, c'était l'intérêt manifesté par Drita pour la tragédie racinienne. Gabriel l'imaginait mal se plongeant dans les arides alexandrins pour se changer les idées entre deux patients lors de ses gardes nocturnes. Surtout que sa connaissance du français avoisinait le B.A.-ba.

– Il est où ce centre culturel ?

– C'est pas vraiment un centre, juste une pièce dans la rue de l'ambassade de France, à côté des bureaux du consulat.

Il se leva, termina sa bière et enfila son blouson.

– Tu veux y aller maintenant ? C'est impossible, c'est fermé...

– Plus pour longtemps. Il habite où le nouvel attaché culturel, le remplaçant de Benoît ?

Mimosa dessina un plan sommaire, fit une croix au milieu de deux lignes parallèles symbolisant l'un des longs boulevards aboutissant à la place Skanderbeg. Celui où logeait l'attaché culturel menait à la gare et s'était longtemps appelé boulevard Staline. Elle ajouta une espèce de V renversé aux jambes épaisses à l'emplacement du Centre culturel.

– Je t'ai fait une petite tour Eiffel, elle ajouta, mutine. Tu ne peux pas te tromper. Je t'accompagne en bas, il faut que je descende. Tu peux prendre le vélo si tu veux.

Pourquoi pas. Il décrocha l'engin du clou, tandis qu'elle entassait dans ses bras bidons et jerrycans ainsi que plusieurs bouteilles de plastique.

– C'est l'heure de l'eau, elle expliqua. Toute la journée elle est coupée à cause des travaux sur les canalisations. Ils ne l'ouvrent que le matin très tôt et un peu le soir. On est obligés de faire des provisions.

Dans la cour de l'immeuble, une file de femmes d'âges divers patientait devant l'unique robinet vissé sur un tuyau planté dans la terre battue, dérisoire oasis entre un tas de mâchefer et une pyramide de détritus. Le Poulpe en avait vu des vertes, des pas mûres aussi, mais il était loin de s'imaginer que, dans la capitale albanaise, la population sacrifiait quotidiennement à ce rituel anachronique qu'elle effectuait, résignée. Mimosa prit sa place dans la file. Il enfourcha la bicyclette beaucoup trop petite pour lui et remarqua une grosse larme couler sur la joue de l'Albanaise. Elle se mordit la lèvre, gênée.

– C'est l'enterrement de Drita demain. Après ça, elle sera morte pour toujours.

Gabriel se pencha sur elle, lui caressa délicatement le cou et lui confia à l'oreille :

– Elle ne sera pas morte pour rien. Fais-moi confiance.

Puis il déposa un baiser furtif sur son front.

## 18 - Deupatoria

Il moulina comme il put, se cogna une bonne centaine de fois les genoux sur le guidon, faillit s'étaler à plusieurs reprises dans des caniveaux profonds et traîtres comme des tranchées, évita d'un poil une chèvre en rut qui le poursuivit ensuite de ses assiduités et qu'il sema tant bien que mal trois pâtés de maisons plus tard. Enfin débarrassé de l'animal égaré il attaqua l'ex-boulevard Staline, profita du peu de véhicules pour s'offrir un sprint de bonification. Une fois la rue Maliq Muço dépassée, il ralentit devant l'immeuble où logeait l'attaché culturel neurasthénique. Il s'inspira des gestes de Mimosa, cala le vélo sur son épaule et gravit les quatre étages en se disant qu'il innovait en matière de cross-country urbain.

Il croisa quelques Albanaises qui descendaient, bidons à la main, pour participer elles aussi à la cérémonie de l'eau. Sur le palier, la voix chevrotante de Serge Lama serinait *«je suis malade»*. Il toqua plusieurs fois à la porte sans l'ombre d'un scrupule lié à l'heure tardive et sentit des pas mous s'approcher.

– Qui est-ce ? demanda l'attaché.

– SOS Médecins, répondit Gabriel.

Il entendit l'attaché détacher la chaînette de sécurité et la porte s'ouvrit sur un homme d'une trentaine d'années en robe de chambre, les traits tirés, l'haleine chargée d'alcool, une Dunhill entre les lèvres.

– Si c'est une blague, elle n'est pas drôle. Qu'est-ce que vous venez faire ici ? il soupira en dévisageant l'importun.

– Je passais dans le coin, j'ai entendu votre chanson et je me suis dit que vous aviez besoin de réconfort. C'est pas la grande forme, hein ? Je suis un ami de Benoît, votre prédécesseur. Vous m'offrez un verre ?

– Au point où j'en suis…

Cinq verres plus tard, il avait atteint le point de non retour. Muté depuis le mois dernier à Tirana après trois ans de sinécure madrilène, Régis Fougeray s'attachait à écourter son séjour albanais par les grands moyens. C'est du moins ce que déduisit Gabriel en constatant le nombre impressionnant de cadavres de bouteilles tassés contre un mur du salon tandis que Régis, affalé dans un fauteuil, les yeux mi-clos, la bouche entrouverte, ronflait. Le Poulpe repéra le trousseau de clés posé sur une tablette au-dessus d'une grosse valise à peine défaite. Il identifia celle qui l'intéressait grâce à la pastille

CCF collée dessus. À défaut d'ouvrir un compte en banque, il allait peut-être enfin y voir plus clair. Il abandonna l'attaché à son coma éthylique et pédala vers le Centre culturel français.

Intitulé pompeux pour une pièce de la taille d'une salle de classe moyenne mais, Mimosa n'avait pas exagéré, le local regorgeait de livres et de cassettes vidéo minutieusement rangés sur les étagères métalliques fixées aux murs. Gabriel était quasiment convaincu que Drita, traquée, menacée, avait choisi cet endroit pour mettre à l'abri les preuves compromettantes qu'elle détenait, les faisant, en quelque sorte, bénéficier de « l'immunité diplomatique » en les ayant soustraites aux regards de ceux qui la poursuivaient. Il s'attaqua d'abord au rayon Racine. Mais les petits ouvrages ne renfermaient rien d'autre que la quintessence de la tragédie. Il panoramiqua, découragé, sur les livres alignés, toujours persuadé que l'un d'entre eux protégeait le secret. Mais lequel ? Gabriel ne se sentait pas d'humeur à jouer les rats de bibliothèque, passer la fin de la nuit à examiner chaque ouvrage. Il consulta le fichier de prêts, sortit de la boîte les bristols des sœurs Nerguti. Celui de Mimosa, rempli recto verso, confirmait sa passion éclectique pour la littérature française, contrairement à celui de Drita qui ne mentionnait que deux livres empruntés début octobre et rendus la semaine suivante, une dizaine de jours avant son départ pour la France. *Le Guide Bleu de Paris* et *Radiographie des Balkans* d'un certain Lade (Pierre-Yves) comme il était précisé sur la fiche. Gabriel fit courir son index sur les rayonnages et l'arrêta juste avant Lamartine. Il prit l'épais volume à la couverture cartonnée et lut en diagonale la quatrième de couverture. L'auteur, écrivain voyageur, ethnologue de formation, avait regroupé la totalité de ses écrits concernant ses multiples voyages dans les Balkans entre 1989 et 1994. Une sorte de Nicolas Bouvier avec statistiques en plus. Du solide apparemment. Le pouls de Gabriel s'accéléra lorsqu'il retourna le livre et se concentra sur le nom de l'auteur en l'isolant de la carte géographique austère où il était incrusté. Coïncidence ? Toujours est-il que ce dernier lui dévoila l'intérêt de Drita pour *Andromaque*. Pierre-Yves Lade. P.Y. Lade. Pylade... Le pote d'Oreste (« *Oui, puisque je retrouve un ami si fidèle, ma fortune va prendre une face nouvelle* »), le mec sur qui on peut compter. Merci mon vieux.

Il ouvrit l'ouvrage lentement, au bord de la tachycardie. Dans l'espace étroit entre la reliure et le dos des pages, une enveloppe pliée en quatre dans le sens de la longueur était glissée. Il la déplia et la décacheta fébrilement. Elle contenait huit fines feuilles 21x29,7 dactylographiées, portant l'en-tête de l'hôpital numéro 6. Des photocopies de qualité médiocre qui provoquèrent néanmoins chez le Poulpe une intense satisfaction. Les fameux dossiers médicaux – ou une partie – étaient là, devant ses yeux. Pas la peine d'avoir passé un diplôme d'albanologie pour comprendre qu'il s'agissait de fiches de renseignements (quatre par page), toutes agencées selon le même modèle : nom, prénom, date de naissance, adresse des patients, etc. Certaines portaient la mention tamponnée TË VDEKUR. La moitié inférieure de chaque fiche était réservée au *diagnoze*, mot que Gabriel sut traduire par diagnostic contrairement au terme précédent qui nécessitait une assistance linguistique. Le nom du médecin traitant figurait en bas et à droite, suivi de sa signature. Tantôt Theodore Furxhi, tantôt Drita Nerguti.

Il replia les feuilles dans l'enveloppe et la rangea dans la poche intérieure de son blouson, celle munie d'une fermeture Éclair. Il remit l'ouvrage de P.Y. Lade à sa place après avoir vérifié, sur l'avant-dernière page, sa fiche de circulation. Le livre ne passionnait pas grand monde. Seule la date attestant de l'emprunt de Drita y figurait. Il se dirigea vers la porte avec un sentiment mitigé. Il venait de faire un grand pas, mais quelque chose clochait. Ces tours et détours pour localiser la cachette des dossiers étaient trop sophistiqués. Drita avait d'autres chats à fouetter, d'autres dangers à éviter que de construire ce jeu de piste afin d'orienter quelqu'un, dont elle ne pouvait absolument pas soupçonner qu'il se manifesterait, dans cette espèce de charade. Trop compliqué. La parenté du nom de l'écrivain voyageur et du héros racinien amusa peut-être un instant Drita mais cela ne suffisait pas pour convaincre Gabriel qu'elle ait choisi ce bouquin parmi tant d'autres afin d'y dissimuler les preuves. Et des preuves pour qui ? Qui, à part un Poulpe opiniâtre, aurait pu mettre ses ventouses dessus ? Non. Drita n'avait rien prémédité de la sorte, pas plus qu'elle n'avait semé des indices pour une chasse au trésor. Ces photocopies n'étaient pas faites pour être découvertes par un tiers mais pour être planquées. Tout simplement. Prévoyante, elle avait mis un double du dossier au chaud. Pour elle-même. Au cas où. Alors, où se trouvait l'original ? Inconcevable qu'elle soit partie à Paris sans lui. Pourtant, il se souvint de la question de Klee à ce sujet et de la réponse de Démoulières : le tueur lancé aux trousses de l'Albanaise n'avait rien trouvé sur elle.

Perdu dans ces considérations, il faillit oublier l'autre livre emprunté par Drita. Il saisit *le Guide Bleu*, l'ouvrit à la page marqué par le signet de tissu et tomba pile dans le 20ème arrondissement. Elle avait fait des repérages.

À la douzième sonnerie, Cheryl décrocha.

– C'est moi, chérie. Je te réveille ?

– T'appelles d'où pour poser des questions aussi connes ? Il est cinq heures du mat'.

– Ici aussi. À Tirana, Albanie.

– …

Le Poulpe entendit un adagio de bâillements puis perçut un léger froissement de tissu, une musique qu'il connaissait par cœur : le frottement de la peau de Cheryl sur le drap de satin nacre.

– T'es toute nue ?

– Hé ho, espèce de maniaque, cria Cheryl totalement réveillée, je ne suis pas un téléphone rose ! Si tu continues, je raccroche !

Il l'en dissuada et lui expliqua ce qu'il voulait, non ça ne peut pas attendre demain.

– T'en as pour cinq minutes, après tu pourras continuer à rêver de moi…

Nouveau froissement qu'il assimila au lever de sa bien-aimée plutôt qu'à un haussement d'épaules (les deux, en fait). Dans l'écouteur, s'écoulait le bruissement des pages de l'annuaire que le doigt de Cheryl feuilletait.

– Ça y est. Je l'ai. Tu notes ? Lade Pierre-Yves. 5 passage Deupatoria, 75020. Sinon, j'ai vu Bertherat hier midi, je déjeune avec lui tout à l'heure. Il aura les résultats de l'analyse du doigt. Qu'est-ce qu'on dit ?

– Mmm mmm.

– C'est tout l'effet que ça te fait ?

– Ça me fait beaucoup d'effet, je t'assure. Beau boulot.

– Revisse le tube de la pommade et écoute la suite.

Pendant que Cheryl lui résumait la deuxième partie de sa mission concernant Charles Klee, il détailla le plan du 20ème. Le passage Deupatoria était situé dans la rue homonyme, perpendiculaire à la rue Julien-Lacroix. Tout à côté de chez Valoisin. Là, pas la moindre coïncidence : Drita se rendait délibérément chez l'écrivain spécialiste de l'histoire récente des Balkans. C'est à lui qu'elle destinait le doigt.

– T'es toujours là ?

– Oui, oui.

– Bon, je continue, poursuivit Cheryl.

Égarée dans les petites rues de Belleville à la recherche du passage en question, Drita a perdu du temps. Le tueur en a profité pour lui régler son compte avant qu'elle ait pu arriver chez Lade. Restait toujours à élucider le problème de l'absence des dossiers qui continuait à turlupiner Gabriel : si elle avait choisi le bouquin du voyageur pour en dissimuler un double, elle avait obligatoirement l'original avec elle. Pourtant, les flics n'avaient retrouvé que son passeport dans la rue. Il ferma les yeux à s'en rider les paupières, fit le vide autour de lui et le noir à l'intérieur. À moins que. Il entrevit une explication logique.

– Voilà, conclut Cheryl. Efficace, non ?

– Génial, divine infirmière. Euh... Ça ne t'ennuie pas de répéter ? Il y a eu de la friture sur la ligne.

– De la friture ! Tu te fous de ma gueule ou tu prends le métro, Poulpe ?

Finalement, elle répéta.

## 19 - Barbullajka

À huit heures du matin, s'étant offert à peine cent vingt minutes de sommeil paradoxal, Gabriel immergea sa tête dans une bassine d'eau froide puis nettoya sommairement ses extrémités. Il prépara un litre de café, fit dissoudre trois aspirines dans un verre et choisit un CD dans la collection de Régis Fougeray. *Libération Music Orchestra* de Charlie Haden lui sembla adéquat.

L'attaché, complètement défait, se releva d'un bond du fauteuil où il avait passé le restant de la nuit.

– Vous êtes qui, vous...

– Moi, je suis moi. Allez Régis, haut les cœurs ! Il y a une cafetière pleine qui t'attend.

– Ah oui... Le médecin blagueur.

– Je suis venu te rendre tes clés. J'ai fait un tour au Centre cette nuit, besoin de lecture. J'ai dormi ici, merci pour l'hospitalité.

Régis se frotta les yeux et se massa la nuque.
– On a sérieusement picolé non ?
Sans attendre la confirmation, il enchaîna :
– Alors toi aussi on t'a muté dans ce trou.
– Je m'y suis muté moi-même. Et je commence à m'y plaire.
– C'est parce que tu as eu le temps de t'habituer, t'es là depuis quand ?
– Hier midi.
L'attaché siffla, admiratif des dons d'adaptation de Gabriel. Ce dernier lui versa un bol de café et lui alluma une cigarette. Il éprouvait de la sympathie pour ce bonhomme fragile et déboussolé qui, dès qu'il aurait fini de jouer *Au-dessous du volcan* ou le vice-consul d'*India Song*, trouverait ses marques et se rendrait compte que l'Albanie est autre chose que Durassic Park.
– Dis-moi Régis, j'aurais besoin de deux petits services.
– Quel genre ?
Une fois que le Poulpe lui eut résumé ce qu'il attendait de lui, Régis haussa les sourcils.
– C'est tout ?
– C'est déjà énorme. Je peux téléphoner ?
– Bien sûr.
Régis avala son café, le verre d'aspirines et tapota sur la toile cirée pour soutenir le lyrisme de la musique.
– C'est une bonne idée d'avoir mis Charlie Haden. Tu sais, Serge Lama, c'est pas à moi, je l'ai trouvé dans l'appartement. J'étais bourré quand j'ai mis ça.
– Tu me rassures.

En quittant l'immeuble, le Poulpe fredonna pour accompagner la trompette de Don Cherry qui chante si bien dans *El quinto Regimiento*, chant populaire des Républicains espagnols. De l'énergie qui vous entre directement dans les veines par le conduit auditif. De l'énergie qu'on ne revend pas : on la donne, on la fait circuler.

La Mercedes d'Agron, tout en plaies et bosses, était garée devant une sorte d'énorme pyramide de verre et de béton, beaucoup plus mastoc que celle du Louvre, architecturée par la fille d'Enver Hodja. Du temps de ce dernier, le bâtiment était entièrement dévolu à la vie du dictateur. On pouvait se recueillir devant la reconstitution de la chambre où le tyran naquit, admirer la Fiat qu'il utilisa pendant la Résistance ainsi que vérifier le repassage de ses costards impeccables. Ne manquait que l'interminable liste de tous ceux qu'il avait envoyés à la mort. Après sa disparition en 1985, la pyramide mégalomaniaque devait devenir son mausolée pour l'éternité. «Les œuvres d'Enver resteront dans les siècles des siècles», firent inscrire à flanc de colline, en lettre énormes dessinées avec des cailloux blancs, ses zélés successeurs qui, quand on aime on ne compte pas, ajoutèrent : «Enver Hodja 1908 - Immortel». Le Grand Homme ferait des loopings dans sa tombe s'il savait que, dorénavant, la pyramide abritait plusieurs organismes culturels, une association pour les Droits de l'Homme et une salle de spectacle. La jeunesse albanaise avait un moment espéré qu'on la transformerait en boîte de nuit, ce qui en aurait fait la plus grande discothèque européenne.

Sur les versants abrupts de l'édifice, des gamins glissaient, le cul collé sur des morceaux de carton, luges minimalistes. Le chauffeur de taxi entamait sa neuvième cigarette lorsqu'il vit le Poulpe se profiler dans le jardin, de l'autre côté de l'avenue, se faufilant entre les Tziganes qui ramassaient les détritus et balayaient les trottoirs. À chacun ses éboueurs.

– Bonjour Guy. Tu vas bien ? Alors, comment tu trouves l'Albanie ?

– Pleine de mystères. Tu peux me résumer ce qu'il y a écrit sur ces papiers ? demanda Gabriel en lui tendant les fiches médicales.

Agron chaussa des lunettes demi-lune et parcourut les feuilles en marmonnant.

– Tu as trouvé ça à l'hôpital ?

– Oui. En quelque sorte.

– Je n'aimerais pas du tout habiter dans ce village, il a l'air de porter le malheur.

– Qu'est-ce que tu veux dire ?

– Regarde, tous ces gens qui sont allés pour se faire soigner à l'hôpital, ils viennent tous du même village, Barbullajka. C'est dans la montagne, à côté de Shkodra, dans le nord.

– Du même village ? T'es sûr ?

– Certain, c'est marqué dans l'adresse.

Le Poulpe pointa le tampon TË VDEKUR de son index gauche.

– Et ça, ça signifie quoi ?

– «Mort». Ceux où il y a ça sur la fiche, ça veut dire qu'ils sont morts.

Il rectifia la position de ses lunettes, feuilleta une seconde fois les dossiers et soupira :

– Les autres, ils vont pas bien. Pas bien du tout.

Je connais rien à la médecine mais le *diagnoze* il parle de cancers, de leucémies, de maladies très graves. De brûlures aussi. Il y a une malédiction là-bas.

– C'est loin ?

– Presque cent kilomètres.

Il rangea ses lunettes dans leur étui et fronça les sourcils.

– Me dis pas que tu veux y aller.

– Si.

Agron se passa la main sur son crâne dégarni, embarrassé.

– Tu sais, c'est pas très intéressant là-haut, le sud c'est mieux : Vlora, Saranda c'est comme la Riviera. Tu pourras même te baigner si tu as envie.

– Je n'aime pas l'eau, répondit le Poulpe. Si tu ne veux pas m'y emmener, ce n'est pas grave, je trouverai un autre moyen. Ou alors tu me loues la Mercedes pour la journée.

Le chauffeur, réfléchit, ouvrit la porte de la voiture, regarda Gabriel au fond des yeux et murmura :

– Allez, monte. Mais je veux savoir ton secret.

La Mercedes avala des kilomètres de bitume sur une route de plaine au revêtement acceptable. Agron en profita pour recommencer son rodéo, doublant les véhicules au petit bonheur la chance, jouant du klaxon et du bras d'honneur lorsque les autres conducteurs ne s'écartaient pas assez vite sur son passage. Assis à la place du mort, Gabriel serrait les fesses. Pour se décontracter, il comptait les bunkers mais cette arithmétique le déprima. En plus, une pluie fine commençait à tomber et il sentit des prémices de rébellion se manifester dans son estomac noué. Un village maudit. Le sentiment d'Agron n'était pas faux. Comment appeler autrement un endroit où les habitants meurent les uns après les autres, de maladies aussi atroces que diverses. L'homme au doigt coupé était sans doute l'un de ceux mentionnés sur les fiches assorties du définitif coup de tampon TË VDEKUR.

Alors que la pluie s'amplifiait et que le ciel se couvrait de nuages, pas mal d'éléments s'éclaircissaient. À force de voir des malades issus du même village présenter des symptômes similaires, Drita s'était à plusieurs reprises rendue sur place, intriguée par ce phénomène. N'importe lequel des médecins dignes de ce nom aurait agi de la sorte. Mais seraient-ils allés jusqu'au bout ? Plus les heures passaient, plus des voiles tombaient pour recouvrir d'autres parties du mystère, plus Gabriel se sentait proche de Drita. L'énergie et le courage de cette femme exigeaient qu'il ne la déçoive pas. Quoi qu'il découvre, il se devait de lui rendre hommage. Et le plus bel hommage était de terminer ce qu'elle avait commencé.

Agron lui tendit son paquet de Marlboro grecques. Il accepta poliment, embrasa une cigarette et toussa violemment. Le goût âcre aurait pu anéantir en trois bouffées un cheptel de garçons vachers. La voiture ralentit, emprunta une petite route sur la droite et entama l'ascension de la montagne, les Alpes albanaises. Agron, qui n'avait pas prononcé un mot depuis le départ, tendit son bras vers l'est. D'une voix ténébreuse, il confia à Gabriel :

– À dix kilomètres, dans les rochers, il y a un

petit village tout perdu. J'y ai passé six ans, de 1976 à 1982. En «relégation». Tu sais ce que ça veut dire «relégation» ici en Albanie ?

Gabriel admit son ignorance.

– Quand le Parti décidait que tu n'étais pas bon, il te jugeait et t'envoyait dans des villages «spécialisés» où tu étais seul, coupé de ta famille. Pas le droit de lui écrire, interdit qu'elle te visite. Personne ne te parlait. Les paysans, mais c'est pas leur faute, croyaient que tu avais commis le pire des crimes. Moi, j'avais juste pas été au bureau des votes pour réélire Enver, le candidat unique. Mauvaise biographie… Ça a suffit. Après, le cinéma c'était fini pour moi. Tu comprends pourquoi ça m'a pas plu quand tu m'as demandé de te conduire dans cette région. Trop de mauvais souvenirs. Mes os sont encore froids. Mais, tu vois, je suis toujours en vie. J'ai eu de la chance !

– Le cinéma ? glissa Gabriel.

– Oui. C'est mon vrai métier. Je travaillais à Albafilm avant. J'ai réalisé deux films sous les communistes, des histoires de patriotes albanais dans la guerre contre les nazis. Ça, au moins, c'était correct, les films contre les nazis c'est toujours utile. Aussi j'ai dû faire de la propagande, filmer le bonheur de vivre en Albanie. Interroger les gens chez eux pour qu'ils disent comment ils sont contents, comment ils sont fiers. À chaque fois, comme les intérieurs des maisons étaient trop pauvres, la Sigurimi… Tu sais ce que c'est la Sigurimi ?

Gabriel opina (gauche-droite) en grimaçant, décidément, la philippique de Furxhi ne passait toujours pas, il aimerait bien l'oublier celle-là, lui dire adieu.

– Alors la Sigurimi, poursuivit Agron, amenait des meubles, des armoires, de la vaisselle, des tapis, tout ce qu'il fallait pour que ce soit joli. C'est elle qui faisait le décor !

Il éclata d'un rire tonitruant. Le Poulpe repensa au baratin qu'il avait servi à Démoulières à propos d'une cargaison de matériel cinématographique à livrer à un ami albanais. Ce mensonge improvisé avait quelque chose de prémonitoire. La route se transforma vite en chemin caillouteux, puis en sentier terreux puis en plus rien du tout. Agron stoppa la voiture dans une minuscule clairière bordée d'à-pic, à proximité d'un torrent qui déversait ses eaux boueuses sur la roche calcaire. Il leva la tête pour indiquer le village de Barbullajka, situé une centaine de mètres plus haut. Gabriel dirigea son regard sur l'endroit : un groupe de maisons grises enchevêtrées, agrippées à un flanc de montagne comme encordées les unes aux autres. Le hameau lui évoqua un austère village ardéchois perdu au milieu des Alpes de Haute-Provence. Il sortit du coffre de la Mercedes une sacoche contenant le caméscope du centre culturel que Régis lui avait prêté et vérifia en douce le chargement du Beretta de Barossa. Agron le précéda dans l'ascension du petit chemin tracé dans les buissons épineux, bordé de sapins. L'aspect de la végétation frappa Gabriel d'emblée. Les buissons, comme les arbres, semblaient morts, desséchés. Le lichen qui tapissait les troncs des conifères avait la couleur d'un vieux paillasson jauni. Même les herbes, recroquevillées sur elles-mêmes, témoignaient d'une impossibilité à s'épanouir. Pourtant la région n'était pas spécialement aride, plutôt le contraire à en juger par les multiples ruisseaux qui dévalaient des montagnes et la pluie qui s'accentuait.

Agron, selon le scénario mis au point par Gabriel qui avait tenu sa parole et révélé au chauffeur en plus de sa véritable identité la raison de sa présence en Albanie, rassembla les villageois pour leur présenter Guy Olt, un médecin français, ami de Drita Nerguti. Gabriel put mesurer l'aura dont jouissait la sœur de Mimosa aux murmures respectueux qui accompagnèrent l'énoncé de son nom. Tous étaient au courant de sa mort tragique et la venue de Gabriel leur mit un peu de baume au cœur, persuadés que l'étranger avait le pouvoir de les guérir. Aidé par Agron, promu au rang de traducteur simultané, le Poulpe filma en vidéo les témoignages des rescapés dont les noms figuraient sur les fiches médicales. C'est ainsi qu'il apprit que les premiers symptômes apparurent dans le village il y a environ deux ans. La végétation et les cultures avaient été touchées avant les habitants. Puis, progressivement, fièvres, nausées, hémorragies, lésions diverses apparurent. En vingt-quatre mois, huit villageois succombèrent et ce n'étaient pas les plus âgés. Une mère perdit sa fille de seize ans, un frère sa sœur de vingt. Gabriel, par l'entremise d'Agron, posa la question qui l'obsédait depuis sa découverte de la phalange, à savoir l'identité du dernier homme décédé.

– C'est mon mari, Skender, dit une femme d'une soixantaine d'années toute vêtue de noir, portant un pantalon bouffant sous une jupe ample. Il est mort à l'hôpital il y a treize jours.

Ses larmes envahirent son visage. Et c'est d'une voix partagée entre la douleur et la rage qu'elle articula :

– Son cadavre n'était pas entier. Il avait le bout d'un doigt coupé.

Elle leva lentement son index vers le ciel gris comme pour conjurer la malédiction qui s'était abattue sur le village. Un frémissement parcourut l'assemblée. Gabriel ne se risqua pas à expliquer que l'amputation avait été nécessaire et que, si Drita n'avait pas eu le courage de la pratiquer, il ne serait pas ici, avec eux, en train de tenter de résoudre le mystère de cette pseudo-malédiction.

Il mit une autre cassette dans le caméscope pour continuer l'enregistrement des témoignages et fit signe à Agron qu'il était prêt à poursuivre. Le voyant rouge recommença à clignoter au-dessus du viseur. Un homme, le visage en partie brûlé, les avant-bras aussi noués que des sarments de vigne, prit la parole. Gabriel panoramiqua sur son torse pour isoler son visage en gros plan. Agron, penché sur le micro fixé au-dessus de l'objectif, continuait à traduire, en direct. L'homme fixait la caméra sans ciller et son assurance aida Gabriel, cameraman novice, à maîtriser la stabilité du cadre sur le visage de ce nouveau témoin. Il ne bougea pas d'un iota pendant son intervention.

– Je suis très malade monsieur le docteur français. Mais ça ne m'empêche pas de vous dire mes remerciements d'être ici. Vous êtes le bienvenu, tous nous sommes avec vous. Et si vous n'étiez qu'un simple voyageur, et si nous n'étions que de simples paysans sans problèmes, vous seriez aussi le bienvenu. En Albanie, tout le monde est bienvenu. Mon nom c'est Rambi, Marenglen Rambi. Vous me regardez avec un œil que je ne connais pas, vous vous cachez derrière lui et je souhaite que cet œil de verre me voie bien. Qu'il voie mes blessures. Cet œil-là, il peut penser que j'ai soixante ans. Mais il se trompe. J'ai quinze de moins. Je suis né en 1951. Mon prénom, Marenglen, on peut le moquer parce qu'il est prétentieux, fabriqué avec les noms de Marx, Engels, Lénine, mais c'est le mien. Mes parents l'ont choisi quand je suis né parce qu'ils croyaient au communisme, parce qu'ils voulaient sortir de la misère. Ce prénom-là, il y a beaucoup en Albanie qui portent le même, je l'aime toujours. Mais il a été sali, je peux le dire maintenant, par la dictature qui a enterré nos rêves dans un bunker rempli de mensonges. Il est sali aujourd'hui par ces maladies inconnues qui ravagent notre village. Je vous parle, monsieur le Français, avec beaucoup d'inquiétude. Nous avons trop souffert pendant la dictature, devrons-nous souffrir encore plus alors que nous avons un gouvernement démocratique ? Je ne suis qu'un petit instituteur, un homme qui sait qu'il va mourir, mais avant de rejoindre ceux d'ici qui sont déjà morts, je vous en supplie monsieur le docteur, dites partout que nous serons toujours vivants.

Marenglen se tut et Gabriel reposa la caméra sur sa cuisse. L'émotion qui émanait des mots simples de l'instituteur, parfaitement traduits par Agron, le saisit. Il échangea un regard embué avec le chauffeur de taxi qui, par pudeur, évita de le prolonger. Le Poulpe remercia Marenglen Rambi sans pouvoir détacher ses yeux des brûlures qui le défiguraient en partie et dont ses avant-bras portaient les profondes cicatrices.

– Le feu, docteur, le feu. Là-haut.

À trois cents mètres au-dessus du village, Gabriel considéra le spectacle, consterné. Les arbres calcinés n'étaient plus que squelettes de bois noircis par les flammes, dressés sur une terre grise, mélange de cendres et de boue. Il éprouva la sensation angoissante d'entrer dans l'univers d'Alfred Kubin, de passer par effraction de l'autre côté. L'incendie, comme on le lui apprit au village, s'était produit cinq mois auparavant, en juin dernier. Au milieu de la nuit, le ciel s'embrasa et les flammes «léchaient les nuages comme des langues crochues» ainsi qu'avait précisé Marenglen, le premier à se réveiller pour aller voir ce qui se passait. Une lourde fumée âcre se propageait partout, enveloppant Barbullajka d'une lourde masse de coton gris qui rendait l'air irrespirable. Ceux des villageois qui jusqu'alors avaient été épargnés par la maladie rejoignirent la cohorte des malheureux dans les semaines qui suivirent le sinistre. Beaucoup ont disparu depuis. Marenglen était l'un des rares survivants. Au petit matin, l'incendie cessa, noyé sous une pluie diluvienne qui ne parvint pas à laver l'air de son odeur épouvantable. Les villageois trop curieux qui voulurent se rendre sur les lieux du désastre furent violemment refoulés par la vingtaine d'ouvriers qui travaillaient sur le terrain situé en bordure de la forêt.

– Ça fait plus de deux ans qu'ils travaillent là-haut, expliqua un jeune villageois. Des fois, ils creusent avec des bulldozers, d'autres fois, pendant des mois, ils ne font rien. Le chef du chantier dit que c'est pour des fouilles archéologiques. C'est interdit d'aller voir. Le terrain appartient à l'État.

Dans le viseur du caméscope, les images de cet univers carbonisé défilèrent aussi lentement qu'une marche funèbre, puis Gabriel zooma sur le terrain, six fois la place de la Concorde, protégé par des barrières de barbelé. On n'y chômait pas. Noria de camions, ballets de bulldozers qui défonçaient la terre, la violant au plus profond. Drôles d'archéologues, pensa le Poulpe, généralement, c'est plutôt la pince à épiler qui est de rigueur dans ces cas-là. Il fit signe à Agron de le suivre et dissuada les villageois qui souhaitaient les accompagner.

Les engins s'activaient ferme. Comme s'ils voulaient rivaliser en profondeur avec le trou des Halles. Les ouvriers n'étaient pas vingt mais une bonne cinquantaine, absorbés par leur prétendu travail de fouille. Gabriel bloqua le caméscope sur son épaule aussi naturellement que s'il trimballait un lance-missiles et recommença à filmer. Quelques minutes plus tard, un gros balèze en ciré bleu s'éjecta de son bulldozer pour courir vers lui. Sa main obstrua l'objectif lorsqu'il saisit l'excroissance optique et la secoua en aboyant des bribes de phrases hystériques qu'Agron convertit dans la langue de Racine.

– Il dit c'est interdit, pas le droit de filmer, il faut nous en aller, les laisser travailler.

Gabriel n'eut pas le loisir de féliciter son ami pour la qualité de ses alexandrins car le balèze bleu l'avait déjà attrapé par les épaules et le secouait vigoureusement. D'autres ouvriers avaient cessé leur travail pour s'approcher. Le Poulpe se dégagea des grosses mains et sourit niaisement à son interlocuteur qui lui tendait une paume grand tamis en jappant.

– Il la veut la cassette, sinon ta gueule il pète.

En progrès Agron. Gabriel fit O.K., d'accord, O.K., pas de panique, on va arranger ça réglo, on n'est pas des bêtes, hein ? Il feignit de chercher le bouton qui déverrouillait le compartiment de la cassette HI 8, excusez-moi monsieur, je suis touriste, cameraman amateur... De l'autre main, il saisit le Beretta qu'il pointa, bras droit tendu, à la face du jappeur. Décomposé, l'autre changea de chaîne. Il recula de trois pas. Le Poulpe tira deux balles. L'une caressa son oreille droite, la deuxième se ficha dans la terre boueuse, entre ses bottes de caoutchouc. Le chef de chantier resta tétanisé. Sa bouche s'ouvrit, béante, incapable d'articuler le moindre mot. Gabriel et Agron reculèrent lentement. Lorsque le balèze bleu gueula enfin aux ouvriers de fondre sur les deux intrus, ceux-ci avaient déjà dévalé la montagne, retraversé le village pour s'isoler dans la Mercedes et foncer à Tirana. Pour la première fois, le Poulpe apprécia les talents de son chauffeur.

## 20 - Le Poulpe épela

– Ça va mieux Gabriel ?

– Je suis épuisé.

– Prends une bière. C'est bon pour ton estomac. Tu as tout laissé sur la route, tu dois lui redonner des forces.

Le Poulpe, lessivé, comme s'il venait de sortir des mains expertes d'un poissonnier qui l'aurait vidé de l'intérieur, accepta la Birra qu'Agron lui tendait. Le trajet Barbullajka-Tirana avait été pénible à cause de cette furieuse turista que Gabriel avait mimée la veille à l'hôpital numéro 6 et qui devint réalité. Pendant quelques jours, sur le bord de la route, derrière des arbres ou dans des bunkers, les amateurs d'art brut pourront admirer les dépôts poulpiens lâchés régulièrement sur le parcours à la manière de bornes kilométriques.

Le serveur du White House apporta une assiette de *choftés*. Agron saisit l'une des boulettes de viande et mordit dedans. Gabriel refusa la nourriture, encore sous le choc de ce qu'il avait découvert à Barbullajka. C'était encore plus énorme que tout ce qu'il avait pu échafauder. Une abomination empreinte d'un cynisme effroyable. Depuis deux ans, sous le couvert d'une association humanitaire, Klee et Démoulières semaient la mort. En toute impunité.

Il résuma à Agron ce que Cheryl lui avait appris au téléphone à propos des activités de Bébé à Bord, pièce essentielle pour relier les différents éléments entre eux.

Personnage en apparence respectable, président d'une firme de produits pharmaceutiques, Charles Klee multipliait les casquettes afin d'actionner régulièrement la pompe à fric. Il avait créé en 1992 une société de réparation d'équipements électriques spécialisée dans les transformateurs. Sur un million de transformateurs en service en France, cent mille sont isolés et réfrigérés par une huile hautement toxique, le pyralène. Et sur ces cent mille, onze mille sont la propriété de l'EDF tandis que les quatre-vingt-neuf mille autres appartiennent à des entreprises ou à des particuliers. Vaste marché pour un salopard dénué de tout scrupule...

– Pourquoi ? demanda Agron. Je comprends pas.

– Depuis une dizaine d'années, le pyralène est interdit en France. Trop dangereux. S'il brûle à trois cents degrés, il dégage des produits toxiques mortels comme la dioxine. C'est ce qui s'est produit en juillet 1976 à Seveso, en Italie. Si tu l'enterres, il y a des risques de fuite, il contamine la nappe phréatique et toute l'eau d'une région se transforme en poison pour la végétation et les habitants. C'est exactement ce qui s'est passé à Barbullajka...

Alors ce Français, poursuivit Gabriel, a compris qu'il y avait beaucoup d'argent à gagner en créant une société pour, officiellement, recycler ce pyralène. Quatre-vingt-neuf mille transformateurs à «assainir» ; même s'il n'a, par exemple, que 15 % du marché, ça représente énormément d'argent ! Les industriels payent donc Charles Klee pour qu'il enlève le pyralène des machines et le fasse soi-disant détruire dans des centres spécialisés qui traitent cette huile toxique. Il y a plusieurs centres officiels qui font ça en France. Mais ça coûte cher et Klee, ce qui l'intéresse, c'est l'argent, pas question de réduire ses bénéfices ! Alors, il a jugé beaucoup plus rentable de se débarrasser de cette saloperie ici, avec la complicité de son petit copain Démoulières... Tu me suis ?

Agron remua la tête, dépassé par les événements.

– Euh… Oui…

– Sauf que c'est impossible qu'ils exportent cette mort lente sans le moindre problème depuis deux ans. Impossible que des ouvriers albanais soient à leur service pour enfouir les fûts dans le terrain de Barbullajka. À moins…

Agron aplatit son poing sur la table.

– Ils ont quelqu'un ici qui les aide !

– Absolument. Qui marche dans la combine avec eux, leur fournit tous les documents nécessaires pour décharger la marchandise en la faisant passer pour des produits pharmaceutiques. Moyennant de l'argent, bien sûr.

– Ça ne peut être qu'un Albanais, fit Agron, un corrompu. Un étranger ne peut pas avoir toutes ces autorisations. C'est très compliqué les papiers ici. Ça peut être quelqu'un du service des douanes, ou de n'importe quel ministère.

– Comme celui des Transports. Les documents que j'ai vus dans la chambre du Dajti portaient le tampon de ce ministère.

Agron réfléchit.

– Il y avait pas de signature sur ces papiers ?

– Si, plusieurs. Celles des crapules françaises et un nom comme… «Pulage», je crois.

– Pulage ? Je connais pas. C'est pas albanais ça. C'était écrit comment ?

Gabriel farfouilla dans ses souvenirs et épela.

– P-U-L-A-J, je crois.

Agron blêmit. La résurrection d'Enver Hodja n'aurait pas provoqué chez lui une telle expression de surprise horrifiée.

– On ne dit pas *pulage*, mais *poulaille*.

Ainsi, Valoisin avait bien entendu. Il ne s'était pas trompé sur le dernier mot prononcé par Drita.

– Et c'est qui, ce Pulaj ? questionna Gabriel, la gorge sèche, en séparant distinctement les deux syllabes.

– Le ministre des Transports…

## 21 - Ben Cola

Cela ne prit que cinq minutes à Agron pour localiser, parmi les trois hôpitaux tiranois, celui où l'on réparait les vertèbres cervicales de Philibert Barossa.

– Il est à l'hôpital numéro 6, informa le chauffeur en raccrochant le téléphone du White House.

– Allons-y, fit Gabriel, j'en profiterai pour rendre une petite visite de courtoisie à mon ami Theodore Furxhi.

Auparavant, il joignit Cheryl au salon de coiffure qui lui lut dans les grandes lignes le rapport d'analyse de la phalange : des traces de dioxine étaient incontestables. Puis il demanda à Agron de passer chez Mimosa. La jeune Albanaise étant absente, il glissa un mot sous la porte pour lui résumer les progrès de son enquête. « Je sais que ça ne lui rendra pas la vie, mais Drita va bientôt être vengée », il ajouta.

Cloué au lit, le bras en écharpe, le cou enserré dans une minerve de plâtre, Philibert Barossa comptait les mouches qui voletaient dans la chambre. Abruti par les analgésiques, il ne sursauta même pas lorsque le Poulpe pénétra dans la pièce, suivi d'Agron. Gabriel admira le carcan qui interdisait tout mouvement à la nuque épaisse du sbire de TransFret.

– Salut Philibert, comment va la vie ? On est venus t'apporter des nouvelles de Barbullajka. Ils bossent bien là-haut, ils font des trous, des gros trous. Mais tu vois, c'est con, ils ne savent pas qu'ils se fatiguent pour rien.

– Je ne sais pas de quoi vous voulez parler, marmonna difficilement l'homme de main de Démoulières.

– Nous y voilà, la fameuse réplique des crapules. Tu peux pas faire preuve d'originalité ?

Le Poulpe s'assit sur le bord du lit et agrippa la minerve de la main.

– Joli collier. Manque plus que la laisse qui va avec. Alors, comme ça, on travaille dans l'humanitaire. C'est beau, Barossa, c'est noble. Quelle abnégation.

Il tira d'un coup sec sur le collier de plâtre. Philibert étouffa un cri.

– Quoi ? Qu'est-ce que tu as dit ? demanda Gabriel en se penchant sur lui. Répète.

Le visage de l'alité se couvrit de sueur. Le Poulpe secoua plusieurs fois la minerve, arrachant à Barossa d'atroces gémissements.

– Putain, je vous en supplie, ça fait trop mal.

– Et tous les habitants de Barbullajka, les morts et ceux qui sont en sursis, ça leur fait quoi d'avoir été délibérément empoisonnés, intoxiqués pour que d'immondes fachos comme toi, Démoulières, Klee et Pulaj se remplissent les poches ? Tu sais comment ça s'appelle de détruire méthodiquement des gens, de les exterminer ? Ça s'appelle un génocide.

– Je... Je savais pas que le produit était dangereux.

– Tu savais pas... Encore une comme ça et je joue aux osselets avec tes vertèbres. T'en es à ton douzième voyage albanais pour contrôler la livraison et superviser l'ensevelissement des fûts, Philibert... Maintenant tu vas m'expliquer pourquoi Charles Klee a choisi Démoulières, ton patron, pour effectuer ces basses besognes. Allez !

– TransFret appartient depuis deux ans à Klee. Il... Il a racheté la boîte à Démoulières et il le paye pour effectuer les livraisons.

Une belle chaîne de l'amitié, un exemple émouvant de la solidarité. Des industriels, en toute bonne foi, payent Klee, qui paye Démoulières, qui refile son dessous de table à Pulaj afin que ce dernier garantisse le succès des opérations et arrondisse ses fins de mois.

– C'est ça l'organigramme ?

Barossa cligna des yeux pour confirmer. Le Poulpe regarda autour de lui. La prise de téléphone fichée dans le mur était dépourvue d'appareil.

– T'as même pas le téléphone. Dur... Au moins, on est sûrs que t'as pas pu prévenir ton boss.

Il se retourna vers Agron qui comprit instantanément ce que Gabriel attendait de lui. Il sortit et revint deux minutes plus tard avec un poste. Le Poulpe brancha l'appareil et le tendit à Barossa, le maintenant immobile devant son visage.

– Maintenant tu vas appeler le ministre et lui dire que tu veux le voir en urgence ce soir, au bar de ton hôtel.

– C'est impossible, je peux pas téléphoner au ministre comme ça.

– Un simple coup de fil, Philibert, ça simplifie la vie et ça rapproche les hommes. T'as qu'à lui expliquer que c'est pour lui refiler sa commission. Elle est de combien au fait ?

– Vingt mille dollars.

– Pas mal pour anéantir une région, siffla Gabriel. À chaque livraison ?

– Pour deux…

– Radin en plus. Il n'y a pas de petit profit. Allez, appelle-le et si tu déconnes, je te bute.

Il colla le canon du Beretta pile au milieu de l'oreille gauche de Barossa.

– C'est l'écouteur, ajouta le Poulpe, froidement.

Philibert composa le numéro d'un doigt tremblant. À la quatrième sonnerie, Pulaj répondit personnellement. Deux minutes plus tard, Barossa raccrocha.

– Il m'attend au bar du Dajti à onze heures.

– Eh bien voilà. M'en veux pas, je ne bois pas de whisky, que de la bière. Je trinquerai à ta santé, pourriture, et je ferai mettre tout ça sur ta note.

Gabriel débrancha le téléphone et, avant de rendre l'appareil à Agron, saisit le combiné comme une matraque et assomma Barossa d'un violent coup au front. À cause de la minerve supportant cette tête de nœud, il eut l'impression d'aplatir un énorme œuf à la coque.

– Moi aussi j'avais un coup de téléphone à donner, il lança à l'Albanais.

Une infirmière du premier étage lui apprit que le docteur Furxhi était absent. Évidemment, pensa Gabriel, il doit être à l'enterrement de Drita. Il rédigea un court message à l'intention du médecin qu'il remit à l'infirmière.

*Professeur,*

*Je pense que vous n'êtes pour rien dans cette sordide histoire mais si vous aviez aidé Drita au lieu de vouloir étouffer l'affaire, elle serait encore en vie. J'imagine que vous avez subi des pressions pour vous taire et je ne vous juge pas. Vous vous jugerez vous-même.*

*P.S. : Je hais toutes les dictatures et toutes les polices politiques alors si vous persistez à penser que je suis un ardent défenseur du fascisme, quel qu'il soit, faites-le moi savoir et je serai très heureux de revenir pour vous casser la gueule.*

*Guy Olt*

Régis, un verre de Ben Cola à la main, écoutait des solos de Monk.

– Le coke albanais, il expliqua à Gabriel, tu veux goûter ? C'est parfait pour les problèmes intestinaux, ça réhydrate impeccable.

Le Poulpe accepta un demi-verre.

– L'un des derniers millésimes, ajouta l'attaché. Avec l'usine Coca-Cola qui a été construite récemment à l'entrée de Tirana, ça m'étonnerait que la production locale fasse long feu.

Gabriel avala une timide gorgée de la boisson noirâtre sans bulles, s'interdisant d'entamer une réflexion philosophique *in petto* sur la dialectique qui mène un pays des Cocos au Coca, laissant ce genre de glose aux professionnels des cocktails mondains qui n'ont jamais dépassé le périmètre du 7ème arrondissement parisien. Il jeta un coup d'œil envieux sur Agron qui, lui, sirotait une Birra fraîche.

– J'ai fait ce que tu m'as demandé, dit Régis, enjoué, j'ai repris les listings du Centre culturel concernant les invités étrangers. Effectivement, Pierre-Yves Lade est venu pour une série de conférences l'été dernier. Et, dans la liste des invités, à part les officiels, il y a bien Mimosa et Drita Nerguti. Un autre Ben Cola ?

– Une bière, plutôt.

Cette précision n'étonna pas Gabriel, mais il avait souhaité qu'elle fût vérifiée. Drita avait rencontré l'écrivain voyageur lors de ses conférences, et noua une relation suffisante (plus, si affinités) pour décider qu'il serait le détonateur parisien de sa découverte. Malheureusement, elle ne put parvenir jusqu'à son domicile où elle voulait remettre à Lade le morceau de doigt en mains propres. Le Poulpe avait compris, depuis l'intense friction qu'il infligea à ses neurones la nuit dernière, au Centre culturel, pourquoi l'ami fidèle, le spécialiste des Balkans voisin de Valoisin, ne s'était pas manifesté après l'assassinat de Drita. Un écrivain voyageur, par définition, ça voyage. Pierre-Yves Lade devait être absent de Paris à ce moment-là et Gabriel aurait parié toute sa fortune que les dossiers médicaux, certainement postés par Drita de Roissy, reposaient encore dans la boîte à lettres du balkanologue.

Monk plaqua le dernier accord de *Ghost of a chance* sur son piano énigmatique. La moindre chance. Gabriel espéra qu'il en aurait un peu plus.

Le même serveur officiait au bar du Dajti. Gabriel délégua à Agron le soin de commander les boissons puis il monta l'escalier du premier étage et farfouilla comme la veille dans la chambre 14. Les effluves Johnny Hallyday pimentées de soupçons de cannelle stagnaient encore dans la pièce. Le cabin-bag de Barossa était toujours à la même place, posé sur la table basse installée entre le lit et la fenêtre. Le Poulpe arracha le matelas du sommier et trouva les vingt mille dollars bêtement emballés dans un pochon des magasins Leclerc, coincé entre deux lattes de bois. Il prit l'argent et refit soigneusement le lit, par égard pour la femme de ménage que cette histoire ne concernait pas. Une mine ce Barossa, un gouffre de la connerie, un Padirac des lieux communs. Un flingue bêtement planqué dans le réservoir de la chasse d'eau et du fric tapi sous le matelas. Gabriel répartit les dollars sur son estomac, remit sa chemise par-dessus et, ainsi matelassé, quitta la chambre.

Quand il revint dans le bar, Agron lui désigna du menton un homme assis au comptoir qui sirotait un Perrier tout en périscopant de son long cou sur les consommateurs éparpillés. Gabriel comprit que l'abjecte poulaille avait rejoint la basse-cour et qu'elle veillait au grain. Le Poulpe détailla l'individu des pieds à la tête. Quarante-cinq ans maximum, le brushing juste ce qu'il faut d'aléatoire pour témoigner de l'homme pressé, la cravate desserrée sur le col de la chemise et la pochette d'une couleur complémentaire à celle-ci dégueulant négligemment de la poche pectorale d'une veste à chevrons. Fatmir Pulaj termina son Perrier, plongea dans le verre deux doigts aux ongles manucurés pour saisir la rondelle de citron et suçota la tranche d'agrume en jetant de fréquents coups d'œil à sa Rolex d'origine.

Gabriel le laissa fermenter dans son jus puis fit un signe discret à Agron pour qu'il se rapproche du bar. Pulaj commanda un deuxième Perrier que la barmaid lui servit avec empressement. Alors qu'il allait sortir son portefeuille, le Poulpe posa délicatement la main sur son bras.

– C'est ma tournée Fatmir Pulaj, c'est moi qui rince. Ton jour de chance en quelque sorte.

Le ministre, interloqué, daigna lever les yeux sur cet interlocuteur malpoli. Dans un français irréprochable, il s'indigna.

– Je ne vous connais pas monsieur. Soit vous êtes ivre, soit vous commettez une erreur.

Gabriel accentua la pression de sa main sur l'avant-bras de Pulaj. Et enfonça le museau du Beretta dans sa hanche où naissaient des poignées d'amour.

– Je ne suis pas ivre, chuchota le Poulpe, je ne commets aucune erreur. Mais je suis très heureux de faire ta connaissance, sombre merde, sale assassin. Tu prononces un seul mot, tu fais le moindre geste et je troue ton costard, Pulaj. Alors tu te lèves et tu me suis.

– Vous êtes complètement fou ! Vous ne vous rendez pas compte de ce que vous risquez ! Je suis un ministre !

– Ta gueule. Lève-toi et marche.

Agron posa sa grosse paluche sur l'épaule gauche de Pulaj et, en albanais, réitéra l'ordre de Gabriel Lecouvreur.

La *fashion victim* ministérielle, prise en sandwich entre le Français squelettique verticalement démesuré et l'Albanais au physique de catcheur, descendit de son tabouret.

– Vous savez ce qu'on fait aux bandits en Albanie ?

– Ça peut pas être pire que ce que tu fais depuis deux ans aux habitants de Barbullajka, Pulaj. Allez, sors, crapule.

Le ministre se crispa à l'évocation du nom du village, puis trouva dans le tripatouillage nerveux de sa pochette un semblant de réconfort. Gabriel enfonça plus profondément le calibre dans le gras de Pulaj et celui-ci quitta le bar du Dajti d'une démarche somnambulique, encadré par deux hommes déterminés que l'on aurait pu prendre pour une paire de gardes du corps simiesques. Un atèle, un orang-outang.

## 22 - Caméra

– Je ne dirai rien.

Le ministre, ligoté sur une chaise au milieu du salon de Régis, prononça ces quatre mots calmement. Réaction logique d'un homme qui n'a pas hésité à signer méthodiquement l'arrêt de mort d'un bon nombre de ses compatriotes. Trempé dans l'acier, Fatmir Pulaj.

– Pour l'instant, on ne veut pas que tu parles. Mais que tu regardes.

Le Poulpe inséra la cassette dans le magnétoscope de l'attaché culturel et appuya sur la touche *play*. À la fin de la bande, Pulaj persista à afficher sa morgue insupportable.

– Qu'est-ce que vous voulez ? De l'argent ?

Gabriel ne répondit pas. Secondé par Régis, il terminait de visser le caméscope sur un trépied, puis il cadra le visage du corrompu en gros plan. Le nœud de la cravate de Pulaj s'était encore plus relâché.

– Tu vas passer à la télé. Les ministres, ça aime bien passer à la télé, non ? Tu nous racontes tout, en détails. Depuis le début. Avec ça, tu vas faire péter l'Audimat, Pulaj.

– Je ne dirai rien. Vous n'avez aucune preuve.

– Détrompe-toi, salopard.

Le Poulpe attrapa un dossier au hasard sur les étagères de Régis et gifla le ministre avec. Aller-retour.

– Tu sais ce qu'il y a là-dedans ? Les aveux complets de Charles Klee. Il a tout déballé avant-hier à Paris quand on l'a arrêté. Tu croyais quand même pas que votre trafic immonde allait continuer indéfiniment !

Pulaj ouvrit des yeux ronds comme des capsules de Carlsberg.

– Il t'a chargé un maximum. C'est le moment ou jamais de lui renvoyer l'ascenseur.

Le responsable des transports albanais se tortilla sur sa chaise, tentant d'assouplir les liens qui le saucissonnaient.

– Et après ? demanda-t-il d'une voix parasitée par les toussotements, façon salle de concert classique entre chaque mouvement symphonique.

– Après c'est l'affaire de ton gouvernement. Tu l'as sali, Fatmir. Grâce à ta situation et à tes ignominies, tu as détruit un village entier. Tu as vite appris les sales méthodes du monde capitaliste, mon salaud... Pas une seule seconde tu n'as hésité à transformer une partie de ton pays en poubelle. J'espère que les juges d'ici sauront apprécier ton manque de scrupules. En plus, tu as envoyé une de tes petites ordures pour tuer Drita Nerguti afin qu'elle ne te dénonce pas. Et cet homme a tué une deuxième personne que j'aimais beaucoup. Gratuitement.

Pulaj baissa la tête et lâcha :

– Je peux vous dire le nom de cet homme.

– Bien sûr que tu peux le dire, t'es du genre à dénoncer n'importe qui pour sauver ta peau de merde, mais je ne veux pas le connaître. Je me fous de connaître l'identité de cet assassin, un pauvre type que tu as obligé à accomplir tes saloperies. Le véritable criminel, c'est toi.

Agron s'approcha de Pulaj, les poings serrés. À force de comprimer ses doigts contre ses paumes, toutes ses phalanges avaient blanchi. Il lança, révulsé, sa main droite à la face du ministre. Gabriel s'interposa.

– Calme-toi, Agron. D'abord l'interview. Le maquillage, c'est pour plus tard.

Il ajouta à l'attention de Pulaj :

– On n'est pas des professionnels de la télé, alors parfois on mélange le plan de travail.

Le Poulpe vissa son œil à l'objectif, affina le point et commença à tourner. Pendant trois minutes, Fatmir Pulaj ne dit rien. La silhouette de Régis Fougeray, debout derrière Gabriel, un bras tendu sur lui, parallèle à l'objectif, avec au bout de ce bras le Beretta du rat Barossa, l'incita à se mettre à table. Dix minutes de justification, de pleurnicheries nauséabondes. Une séquence que TF1 aurait achetée à prix d'or pour renflouer la paire d'écrans publicitaires qui encadre ses reality-shows. Puis il se tut, livide.

– Qu'est-ce qu'on va faire de lui ? demanda Régis à Gabriel.

– Si tu pouvais le garder au chaud un jour ou deux... Le temps de voir venir. T'as rien d'autre à craindre que de supporter sa sale gueule. Ficelé comme il est, il ne t'emmerdera pas. Et puis, un attaché comme toi, Régis, c'est un peu ton boulot de prendre contact avec les personnalités albanaises, non ?

Agron prit le Poulpe à part pour lui chuchoter quelques mots à l'oreille.

– Finalement, on va pas t'infliger ça, dit Gabriel, on va te débarrasser de cette poubelle.

Pulaj suait de plus en plus. La *fashion victim* s'amenuisait seconde après seconde.

## 23 - Là-bas

À quatre heures moins le quart du matin, la Mercedes stoppa exactement au même endroit où elle s'était arrêtée la veille. Gabriel et Agron sortirent du coffre du véhicule un ministre bien mal en point. À l'aide de quelques baffes, ils le remirent sur pied. Puis le lâchèrent dans la nature, à une centaine de mètres du village de Barbullajka.

– Fais attention où tu marches, cria le Poulpe, c'est très dangereux ici. Évite de boire de l'eau, elle n'est pas potable. Demain, les habitants prendront soin de toi dès qu'ils t'auront vu à la télé.

La voiture redémarra, laissant Pulaj en plein milieu de ses magouilles mortelles, face à ses responsabilités. Il gravit le chemin qui menait au village, traversa le bourg fantôme sur la pointe des pieds, évitant de passer trop près des maisons. Il arriva devant le terrain où les bulldozers dormaient, protégés par des bâches de plastique. Il se baissa pour passer sous les fils barbelés, écorcha son beau costume et marcha sur la terre violée. Lorsqu'il arriva devant le trou le plus profond, il se laissa tomber. Puis il ferma les yeux dans ce tombeau qu'il avait contribué à creuser.

Le lendemain, le journal télévisé albanais de la mi-journée diffusa la vidéo. Les témoignages des rescapés provisoires de Barbullajka d'abord, puis la confession de Fatmir Pulaj ensuite. Si Agron avait été contraint de troquer le métier de cinéaste pour celui de chauffeur de taxi, il entretenait toujours de bonnes relations avec d'anciens confrères d'Albafilm reconvertis à la télévision. Les images provoquèrent un choc dans la population. Et un séisme au sein du gouvernement démocratique qui, le Poulpe l'espérait, regarderait dorénavant à deux fois avant de distribuer des portefeuilles.

Fatmir Pulaj avait tout avoué. De sa première

rencontre avec Démoulières, venu en Albanie bourrer ses camions de cuisses de grenouille pour le compte d'une chaîne de restaurants français, où le patron de TransFret lui proposa la combine infernale, jusqu'au pacte scellé avec Charles Klee dans le salon d'un grand hôtel parisien, deux mois plus tard, à l'abri des oreilles indiscrètes. Bébé à Bord n'allait tout de même pas se déplacer à Tirana... Il déballa tout, sans oublier de mentionner la prochaine livraison, le lendemain, au port de Durrës.

En fin d'après-midi, on découvrit son corps inerte, mort de froid, au fond d'un trou creusé dans un terrain situé en amont du village de Barbullajka. Le ministre des Transports était passé, lui aussi, de l'autre côté. La police dut appeler des militaires en renfort pour contenir la population afin d'éviter que les villageois ne dépècent le cadavre.

Il fait beau, l'air sent bon. Les rares nuages épinglés dans le ciel au-dessus de l'Adriatique semblent avoir été convoqués pour un casting impressionniste : c'est toujours mieux lorsque le bleu est légèrement perturbé.

Gabriel, debout sur le quai du port de Durrës, Durazzo pour les Italiens, serrait très fort la main de Mimosa. Quatre paires d'yeux attentifs assistaient à l'entrée dans le port du bateau affrété par TransFret et à l'arraisonnement qui suivit. La police maritime déchargea la cargaison, ouvrit précautionneusement les caisses siglées «Hippocrate» et isola les fûts de pyralène. L'équipage quitta le bateau encadré par une douzaine de policiers et monta dans un vétuste camion grillagé gardé par d'autres hommes armés. Le Poulpe, Mimosa, Agron et Régis assistèrent à la scène, impassibles. Le dernier à pénétrer dans le camion fut Démoulières. Gabriel lui fit un petit signe de la main en pianotant cinq doigts libres. Le sosie de Fernandel ne répondit pas.

Le Poulpe lâcha la main de Mimosa pour aller filmer les caisses d'Hippocrate, gros plan sur le nom de l'association servant de couverture, et les bidons de pyralène. Dans un même mouvement, sans la moindre coupure. Si tout travelling est affaire de morale, comme a dit un cinéaste helvète, le panoramique aussi. En filmant ces images simples, sans doute trop simples, le Poulpe n'était pas dupe. Il ne rendrait pas la vie aux martyrs de Barbullajka, mais ces images, avec les précédentes, serviraient à ce qu'on ne les oublie pas.

## 24 - Alitalia

Gabriel Lecouvreur adorait les avions en général et son Polikarpov en particulier. Un zinc utilisé par les Républicains espagnols pour hacher la fiente fasciste méritait d'être chouchouté. Pourtant, sur la piste de l'aéroport de Rinas où il avait atterri quatre jours plus tôt, il aurait préféré plier son corps pour pénétrer dans un wagon de chemin de fer et accomplir le rituel émouvant des quais de gare. Un long coucou par la vitre embuée auquel répondent des mouchoirs secoués par des mains amies. Puis les silhouettes se rapetissent lentement lorsque le train démarre et prend de la vitesse.

Il embrassa Mimosa sur le front, puis sur les joues. Enfin sur les lèvres qu'elle osa lui tendre, les yeux fermés. Un intense frisson parcourut la peau de Gabriel. Il eut la chair de poulpe. Après, il serra des mains viriles, conseilla à Agron de refaire des films ou de passer son permis de conduire.

– Et toi, Régis, accroche-toi. Tu me décevrais beaucoup si tu demandais ta mutation à Monaco !

Mimosa l'accompagna à la salle d'embarquement. Il griffonna l'adresse du Pied de Porc à la Sainte-Scolasse sur le carnet de la jeune Albanaise et l'invita à venir à Paris quand elle le désirait.

– Je viendrai, dit-elle. *Miro pavshim*, Gabriel. Bon voyage. À bientôt.

Dans l'avion d'Alitalia, une voix préfabriquée demandait qu'on boucle sa ceinture, qu'on redresse son fauteuil, qu'on s'abstienne de fumer. L'avion décolla. Gabriel ferma les yeux. Il ne reverrait pas l'Albanie, ne partagerait plus le vélo et le *kachkaval* de Mimosa, ni les Birra et la Mercedes pourrie d'Agron, encore moins les Ben Cola de Régis et ses fantasmes d'icônes littéraires imbibées d'alcool. Mais, au plus profond de lui, tout cela existerait encore longtemps. Le plus longtemps possible. Plus que les dollars destinés à Pulaj qu'il avait répartis entre Mimosa et Agron. Ne prélevant sur la somme qu'une modeste partie afin de changer trois ou quatre vis rouillées du Polikarpov.

La même voix l'autorisa à desserrer sa ceinture, allumer une cigarette, décapsuler une bière. Mais il ne fit rien de tout cela. Il resta les yeux fermés.

## 25. Bois ça

Il avait vu juste. La boîte à lettres de Pierre-Yves Lade, 5 passage Deupatoria, débordait de courrier et une enveloppe à en-tête de l'hôpital numéro 6 contenant un jeu complet des diagnostics patientait sous une pile de prospectus divers. Elle était postée de Roissy, le jour même de l'arrivée de Drita. Gabriel remit tout en place et referma la boîte à lettres bringuebalante. Dès le retour de l'écrivain voyageur, il lui conseillerait d'en changer. Il interrogea la concierge et apprit que Lade rentrait de Moldavie dans la soirée.

Il traversa la rue Julien-Lacroix, leva la tête vers les fenêtres de Valoisin aux volets clos. Il la baissa sur les trois mètres carrés d'asphalte où Drita succomba pour avoir préféré la vie à la mort. Il rejoignit le boulevard, marcha jusqu'à la rue du Chemin-Vert et la descendit pour arriver rue Popincourt. Sur les fauteuils du salon, trois rousses de fraîche date attendaient que leur teinture prenne. Cheryl abandonna ses pinceaux quand le Poulpe franchit la porte et se jeta dans ses bras. Les clientes piquèrent du nez dans les magazines pour donner aux retrouvailles un semblant d'intimité. Après un long baiser, la coiffeuse s'écarta de Gabriel, lui palpa le ventre, examina son visage aux traits creusés puis diagnostiqua :

– T'as une petite mine.

Elle se frotta les paumes des mains roussies par la teinture et ajouta, ravie :

– Je vais m'occuper de toi, mon ange. Brocolis, tofu et jus de carotte pour ce soir.

– Ce soir je suis pris, ma douce.

– Putain, t'es trop chiant Gabriel. T'es revenu pour me dire que t'allais repartir, c'est ça ? Dans ce cas, va te faire foutre ! Après tout ce que j'ai fait pour toi…

– Tu as été magnifique, indispensable.

– Tu l'écris et tu le signes ?

– Absolument. Je l'encadre, même. À plus tard chérie.

Il sortit. L'une des clientes reposa son magazine et crut bon de commenter.

– Il est bizarre votre mari.

– C'est pas mon mari, c'est mon Poulpe. Et sa vie privée ne regarde que moi. Allez, hop, c'est bon, on passe à la rincette, les rouquines, lança Cheryl un tantinet exaspérée.

La bibliothèque de Pierre-Yves Lade était à peu près similaire à celle de Valoisin mais au cube. En beaucoup plus désordonné. L'écrivain parcourut les preuves envoyées par Drita et lut le petit mot qu'elle y avait joint. Il sourit, ému.

– C'est trop bête qu'on se soit ratés. Je n'ai pas eu le temps de la prévenir : un boulot de dernière minute pour *Le Monde Diplomatique*. Elle m'avait appelé de Tirana mais sans préciser quel jour elle arriverait. Enfin, je la reverrai avec plaisir lors de mon prochain voyage.

Une décharge électrique sillonna le corps de Gabriel. Il avait oublié que Lade n'était pas au courant de la mort de Drita. Quand il lui eut tout raconté, omettant de mentionner l'épisode gratuitement sordide de la langue coupée, Lade se leva sans dire un mot et ouvrit un coffre pour y prendre un album-photos qu'il tendit à Gabriel. Le Poulpe glissa son regard sur les photos de Drita, de Mimosa surtout, reconnut la chambre où il dormit, la salle du Centre culturel français et l'un des multiples bunkers, devant lequel Lade posait, le bras entourant la taille du courageux médecin assassiné. Il ferma l'album, troublé. L'écrivain nomade posa une bouteille de raki devant lui.

– Un cadeau de Drita. Vous savez ce que veut dire «drita» en albanais ?... Ça veut dire la lumière. On va boire à la mémoire de cette lumière-là. Et après, je vous garantis que l'ordure qui est encore en liberté, ce... ce... Il s'appelle comment déjà ?

– Charles Klee.

– Eh bien il va déguster. Demain, j'envoie une copie de votre cassette à toutes les rédactions, toutes les télés, toutes les agences de presse. Je connais du monde, croyez-moi. S'il aime les média, il va être servi. Mais avant, j'aimerais beaucoup lui faire sa fête à ce chien.

– Chacun son boulot, laissez-le moi. Faites plutôt un livre de tout ça.

Le doigt du Poulpe pressa la sonnette comme on appuie sur un furoncle, avec dégoût. De l'autre côté de la double porte cirée hebdomadairement par une domesticité méprisée, Gabriel entendit des accords de piano. C'est quand même foutant, cette manie des tortionnaires de massacrer aussi Schubert ou Beethoven, il pensa, très remonté par le raki. La musique cessa puis il se sentit observé au travers du judas.

– Qui est-ce ?

Le Poulpe colla son nez au-dessus de l'œil indiscret, offrant à Bébé à Bord une superbe contre-plongée sur l'intérieur de ses narines. Une jungle.

– Euh… Excusez-moi de vous déranger monsieur Klee. C'est… euh… C'est monsieur Démoulières qui m'a dit de venir. Il y a eu des problèmes avec la livraison…

Klee libéra la multitude de verrous qui protégeaient la porte et d'un signe vif intima à Gabriel l'ordre d'entrer. Il referma la porte et se retourna sur le visiteur nocturne.

– Tu travailles chez TransFret ? Je t'ai jamais vu, dit-il en épongeant les gouttes de sueur qui perlaient sur son crâne dégarni.

La droite du Poulpe l'atteignit en plein sur la joue gauche.

– Tu ne me tutoies pas, raclure de bidet.

La gauche du Poulpe s'occupa ensuite de la droite. Puis un coup de genou à l'entrejambe. Bébé à Bord implora qu'il était prêt à tout donner pourvu que cesse cette violence.

– Garde tout, sous-merde, surtout l'adresse de ton prof de piano. Tu vas crever, Klee, comme tous les autres en Albanie. Elle est où la cuisine ?

L'humaniste d'Hippocrate, le roi des médicaments, souleva une main agitée pour désigner une pièce au fond du couloir.

– Carrelée ?

– Oui… Pourquoi ?

– C'est plus propre. Ça fait morgue. Allez, avance.

Dans la cuisine on aurait pu caser facilement trois appartements de la taille de celui de Drita et

Mimosa. Bébé à Bord s'affala sur un tabouret prétentieux probablement conçu par un disciple de Philippe Starck et trembla de toute sa graisse lorsque Gabriel choisit le plus grand des couteaux aimantés sur le mur.

– Pitié, il jappa.

Dans le lave-vaisselle, Le Poulpe prit un grand verre encore sale et le posa devant Klee.

– T'as soif. Tu vas boire. Sinon je te découpe. À la japonaise.

Il sortit de la poche de son blouson une fiole contenant un liquide trouble et le versa dans le verre de cristal.

– Cul sec. À ta santé. *Gëzuar* !

– C'est quoi… ?

– Ce que tu enterres depuis deux ans en Albanie, Mengele, de la mort liquide. Un petit coup de pyralène n'a jamais fait de mal à personne.

– Vous êtes cinglé.

– Oui.

Il appliqua la lame du couteau sur la gorge de l'infâme. Aux premières gouttes de sang, Klee, terrorisé, saisit le verre et l'approcha de ses lèvres molles.

– Cul sec, j'ai dit.

Bébé à Bord ferma des yeux débordants de larmes et crispa sa bouche sur le col du verre Baccarat. Gabriel lui pinça le nez et vida l'huile toxique dans les entrailles de cette pourriture.

Il quitta la cuisine très vite car une puanteur commençait à s'y insinuer. Le respectable Klee avait fait sous lui.

Le Poulpe haussa les épaules. Ça tue froidement des gens et ça chipote pour un verre d'huile de ricin… Mauvaise culture mussolinienne, Klee. Tu ne sais même pas que les tortionnaires du Duce que tu sembles affectionner, utilisaient cette méthode digestive en guise d'apéritif aux interrogatoires. Un prêté pour un rendu, Bébé à Bord…

## 26 - AAAAA

– Tu sais, le Poulpe, j'ai vu un mec hier, il m'a proposé deux journées de location pour un polar. Trois mille balles la journée. C'est pas mal non ?

Gabriel mâchonna son croissant industriel qui avait un petit air de déjà-vu : à la forme de sa corne gauche, il le reconnut : la viennoiserie traînait dans le panier depuis la veille de son départ.

– Trois mille balles, t'es con ou quoi ? Je suis sûr que tu te fais presque le double sans t'emmerder avec l'audiovisuel.

– Le double, exagère pas. Mollo mollo. Mais là, tu comprends, ça me fait de la pub. Ils veulent tourner ici.

Gérard, exalté, propulsa ses bras vers le plafond de son troquet, écarta ses doigts en éventail sur les néons et poursuivit, la voix vibrante :

– Gérard, le Prince, non : le Roi du pied de porc à la Sainte-Scolasse ! Ça en jetterait, hein ?

Le Poulpe abandonna le croissant racorni, palpa une brioche molle et finalement commanda un demi.

– Ça en jetterait si les réalisateurs savaient bouffer. À part Tavernier et Chabrol…

Il abandonna les rêves de Gérard pour aller jeter

un œil dans la cuisine, saluer Maria qui nettoyait des moules et reprit sa place au bar.

– Il est pas là Vlad ?

– Il est à l'hôpital le médecin, le lendemain de ton départ il nous a fait une appendicite. Tu restes déjeuner, j'espère !

Gabriel hésita. Gérard tenta de le convaincre en lui soufflant son encas du matin dans les narines en manière de bande-annonce.

– Reste, merde. Et respire-moi ça. Pendant que tu te dorais la pilule je ne sais où, j'ai préparé une andouillette superbe, c'est pas tous les jours que t'en mangeras des comme ça. Une andouillette de pro, avec le label de l'Association des Amateurs de l'Authentique Andouillette à l'Ancienne. Les cinq A, comme les cinq doigts de la main. Tu peux pas rater ça !

Le Poulpe écarta gentiment de son nez la bouche du restaurateur.

– Tu remugles Gérard. Je n'ai jamais senti une aussi pire haleine.

## DÉJÀ PARUS AUX ÉDITIONS BALEINE

1. **Le Poulpe** - Jean-Bernard Pouy
   La petite écuyère a cafté
   *Prix Paul Féval de littérature populaire 1996*
2. **Le Poulpe** - Serge Quadruppani
   Saigne sur mer
3. **Instantanés de Polar** - Franck Pavloff
   Foulée noire
4. **Le Poulpe** - Patrick Raynal
   Arrêtez le carrelage
5. **Instantanés de Polar** - Olivier Thiébaut
   Larmes de fond
6. **Instantanés de Polar** - Jean-Jacques Reboux
   Le massacre des innocents
7. **Le Poulpe** - Didier Daeninckx
   Nazis dans le métro
8. **Le Poulpe** - Noël Simsolo
   Un travelo nommé désir
9. **Le Poulpe** - Franck Pavloff
   Un trou dans la zone
10. **Instantanés de Polar** - Noël Simsolo
    Couleur sang
11. **Le Poulpe** - Paul Vecchiali
    La pieuvre par neuf
12. **Le Poulpe** - Jean-Jacques Reboux
    La cerise sur le gâteux
13. **Le Poulpe** - Claude Mesplède
    Le cantique des cantines
14. **Le Poulpe** - Pascal Dessaint
    Les pis rennais
15. **Le Poulpe** - Olivier Thiébaut
    Les pieds de la dame aux clebs
16. **Le Poulpe** - Gérard Delteil
    Chili incarné
17. **Le Poulpe** - Bertrand Delcour
    Les sectes mercenaires
18. **Le Poulpe** - Roger Martin
    Le G.A.L., l'égout
19. **Le Poulpe** - Jean-Christophe Pinpin
    Les gens bons bâillonnés
20. **Le Poulpe** - Hervé Prudon
    Ouarzazate et mourir
21. **Le Poulpe** - Guillaume Nicloux
    Le saint des seins
22. **Instantanés de Polar** - Guillaume Nicloux
    Zoocity
23. **Canaille/Revolver** - Jean-Bernard Pouy
    Spinoza encule Hegel
24. **Canaille/Revolver** - Patrick Raynal
    La clef de seize

25. **Canaille/Revolver** - Anne Matalon
Petit abécédaire des entreprises malheureuses
26. **Le Poulpe** - Roger Dadoun
Allah recherche l'autan perdu
27. **Le Poulpe** - Pascale Fonteneau
Les damnés de l'artère
28. **Le Poulpe** - Sylvie Granotier
Comme un coq en plâtre
29. **Canaille/Revolver** - Michel Chevron
Fille de sang
30. **Canaille/Revolver** - Emma Christa
Elles sont pas croyables !
31. **Le Poulpe** - Romain Goupil
Lundi, c'est sodomie
32. **Le Poulpe** - Olivier Douyère
Bunker menteur
33. **Canaille/Revolver** - Alexandre Dumal
Burundunga !

## À PARAÎTRE

34. **Le Poulpe** - François Joly
Chicagone
35. **Le Poulpe** - Michel Chevron
J'irai faire Kafka sur vos tombes
36. **Canaille/Revolver** - Pierre Filoche
Le banquet des ogres

---

*Cet ouvrage a été imprimé*
*sur presse CAMERON*
*par Bussière Camedan Imprimeries*
*à Saint-Amand-Montrond (Cher)*
*en octobre 1996*

- N° d'impression : 1/2296 -
Dépôt légal : octobre 1996.

*Imprimé en France*